剣侠の人
剣客太平記

岡本さとる

時代小説文庫

角川春樹事務所

剣侠の人

剣客太平記

岡本さとる

時代小説文庫

角川春樹事務所

目次

主な登場人物紹介

峡《はざま》　竜蔵《りゅうぞう》◆三田に師・藤川弥司郎右衛門近義《ふじかわやじろうえもんちかよし》より受け継いだ、直心影流の道場を持つ、熱き剣客。

竹中庄太夫《たけなかしょうだゆう》◆筆と算盤《そろばん》を得意とする竜蔵の一番弟子であり、峡道場の執政を務める。

お才《さい》◆三田同朋町に住む、常磐津の師匠。竜蔵の昔馴染み。

綾《あや》◆藤川弥司郎右衛門近義の高弟・故 森原太兵衛《もりはらたへえ》の娘。

佐原信濃守康秀《さはらしなののかみやすひで》◆将軍からも厚い信頼を得ている大目付。お才の実父。

眞壁清十郎《まかべせいじゅうろう》◆佐原信濃守康秀の側用人。竜蔵の親友。

神森新吾《かみもりしんご》◆貧乏御家人の息子。竜蔵の二番弟子。

赤石郡司兵衛《あかいしぐんじべえ》◆直心影流第十一代的伝。藤川弥司郎右衛門の高弟。

団野源之進《だんのげんのしん》◆赤石郡司兵衛門下の俊英。本所亀沢町に道場を持つ、人望厚く剣技に秀《すぐ》れた剣客。

剣侠の人
剣客太平記

本書は、ハルキ文庫（時代小説文庫）の書き下ろしです。

第一話　好敵手

一

行けども行けども竹藪《たけやぶ》からは抜け出せなかった。

暮れゆく空からは赤い光が妖《あや》しく射《さ》し込んでいる。

「おのれ、峡竜蔵《はざまりゅうぞう》！」

二人の武士がまたいきなり現れて、抜き打ちをかけてきた。

「むッ……！」

竜蔵はさっと跳び退《の》く——。

そして次の瞬間、鮮やかな太刀さばきで二人を斬《き》り倒していた。

「ううッ……」

苦悶《くもん》の表情を浮かべ息絶えた二人の顔には、いずれも見覚えがあった。

——だが、名は思い出せない。

先ほどから、竜蔵は何度も同じことを繰り返していた。

迷い込んだ竹藪から抜け出さんとして歩くうちに、どこかで会った武士達が次々に現れては竜蔵を襲い、竜蔵はそれを斬り伏せる――。

すでに斬った相手の数さえわからなくなっていた。

「お前達は何者だ！　おれは何故こんなところに迷い込んだのだ……」

叫べど事態はまったく変わらず、

「えいッ！」

と竜蔵が雄叫《おたけ》びを上げる度に、新たな屍《しかばね》がまた生まれるのであった。

不思議なほどに竜蔵の剣は冴《さ》え渡り、身には僅《わず》かな傷さえ負っていない。

「待て！」

「おのれ、竜蔵！」

「死ね！」

また三人の武士が現れて、口々に竜蔵を罵《ののし》りながら斬りつけてきた。

「やるのか、この野郎！」

さらに竜蔵はこの者共を斬り捨てる。

だがここで疲れがどっと竜蔵の体にのしかかってきた。

それは肉体の疲れというのではなく、体の底からこみ上げてくる心の飢えと渇きがえも言われぬ虚無を生み、竜蔵からあらゆる力を取りあげるのである。

斬っても斬ってもきりのない修羅道に陥ってしまった自分は、疲れを癒《いや》す間もないままにこの竹藪で果ててしまうのであろうか。

そんなことを思い始めた時――。

藪の向こうに夕陽《ゆうひ》に染まった草原が広がっているのが見えた。

――ありがたい。

そこを目指して竜蔵はしっかりと大地を踏みしめ歩いた。

草原は静かで、草を揺らす風も穏やかだ。

竜蔵はやっと竹藪を出て、草原へと足を踏み入れた。

すると向こうから一人の剣士が堂々たる足取りでやって来るのが見えた。

「竜蔵、来たな……」

剣士は総身がしっかりと引き締まり、その物腰は藪で倒した武士達とは比べものにならないどっしりとした風格を湛《たた》え、まるで隙《すき》がない。

「先生でしたか……」

剣士は団野《だんの》源之進《げんのしん》――峡竜蔵の兄弟子、赤石郡司兵衛《あかいしぐんじべえ》の高弟にして比類なき剣の遣い手である。

竜蔵より六歳年長で、すでに本所亀沢《かめざわ》町に已が道場を構え、早晩直心影《じきしんかげ》流の的伝《てきでん》を赤石郡司兵衛から引き継ぐことになるであろうと周囲からは見られていた。

「そうだ、おれはこれからこの先生と仕合をせねばならなかったのだ」

心の内で呟《つぶや》いた時、

「よくぞここまで来た。いざ……」

源之進は腰の刀をゆっくりと抜いた。青眼に構えた剣先には毛筋ほどの乱れもない。

――もはやこれまでか。

竜蔵はその間合に軍神の姿が浮かんでいるのを見た。

これが、剣客・峡竜蔵が文化二年（一八〇五）に見た初夢であった。

「子供の頃より剣をとり、三十四になったというのに何と無様な……」

新年早々、額に脂汗を浮かべて竜蔵は已が不覚を恥じたものだ。

夢を見ただけで不覚も何もないが、

「仕合をする前から、おれの気持ちが団野先生に負けている証《あかし》だ……」

竜蔵はそう思うのである。

昨年の末に、現在第十一代的伝として直心影流に君臨する赤石郡司兵衛の肝煎《きもいり》で大仕合《おおじあい》が執り行われた。

これに見事勝利して、直心影流においての実力を見せつけた峡竜蔵であった。

竜蔵の勝利を、彼の豪放磊落《らいらく》な気性に好意を寄せる多くの者達が喜んだのであるが、その中でも特に意義を重んじたのは団野源之進であった。

次期道統継承者最有力候補である源之進は、もはや誰もが認める剣客に成長した峡竜蔵との仕合を望んだ。その仕合を、果して自分が由緒ある直心影流の道統を継ぐに相応《ふさわ》しい男なのか、それを確かめる手立てにせんと彼は思っていた。

己が直弟子に、自分が受け継いだ直心影流の的伝を譲るのは、赤石郡司兵衛としてはこの上もなく幸せなことである。

だが、源之進が竜蔵との仕合を望んだ時に、愛弟子《まなでし》の想《おも》いを郡司兵衛は、

「真《まこと》に嬉《うれ》しいことだ……」

と、さらに喜んだ。

郡司兵衛と竜蔵は共に故・藤川弥司郎右衛門《ふじかわやじろうえもん》の門人であるが、竜蔵が弥司郎右衛門の内弟子となった時すでに師は老齢で、郡司兵衛にとって竜蔵は数ある弟弟子の中でも息子のような存在であったからだ。

竜蔵の父、峡虎蔵《とらぞう》は赤石郡司兵衛の兄弟子で、剣技抜群なれど酒好き、女好き、喧《け》嘩《か》好きという破天荒な性格であったから、およそ直心影流の道統を継ぐべき者であると人には思われぬままに、竜蔵十八歳の折に大坂で客死してしまった。

しかし郡司兵衛は心の底で、虎蔵が今生きていれば、彼こそが十一代的伝として、道統を受け継いでいたかもしれないと思っている。

それゆえ、虎蔵の剣を受け継ぐ竜蔵と己が弟子、団野源之進のどちらが勝っても嬉しいことに変わりはないのだ。

竜蔵にはそういう赤石郡司兵衛の腹の内がわかるので、勝敗を気にせず仕合に臨める。

そもそも人間的にも尊敬できる団野源之進に仕合を望まれた。しかもそれが、

「本当に自分がこのまま直心影流の道統を継いでいいのであろうか、他に相応しい者がいるのではないのか……」

という源之進の想いが募ってのことであるのだ。

ただただ名誉なことだと思わねばなるまい。ましてや、もし勝利すれば峡竜蔵の名が、第十二代的伝として流派の歴史に大きく刻まれるやもしれないのであるから――。

そして、初めて剣術指南の看板を掲げた時は、誰一人として入門を請わなかった三《み》

田《た》二丁目の峡道場も大いに栄えるであろう。

今は大目付・佐原信濃守《さはらしなののかみ》の屋敷でのみ務めている出稽古《でげいこ》も、他の大名・旗本からの要請が殺到し、断ろうにも断りきれぬことになりこれからは金に困りもしまい。

剣客としての竜蔵には華々しい未来が待ち受けているはずであった。

しかし剣技、人徳共に兼ね備えた団野源之進ほどの剣客が、的伝を継ぐことをためらうとはよほどのことである。

一流の的伝者になる者にかかる重圧は、並大抵ではないと、竜蔵自身思い至ったのである。

それは、今まで若さと体力に任せてがむしゃらに生きてきた竜蔵が、初めてぶつかった心の壁となった。

去年の暮の大仕合に勝利して意気あがっていたのが一変、件《くだん》の初夢を見たのを境に迷いが生じるようになったのだ。

団野源之進との仕合は近々執り行われることになっていたが、赤石郡司兵衛はじめ二人の仕合を見届ける大師範達の都合もなかなか揃《そろ》わず、

「これはごく内々に行う仕合であるゆえ、そう焦って日取を決めることもあるまい
……」

郡司兵衛はのんびりと構えていた。

そしてこの間合が、竜蔵の勢いをさらに鈍くした。

何度も同じ夢を見るようになった。

迷い込んだ竹藪で切り捨てる武士達は、これまで竜蔵が討ち果してきた相手なのであろう。

冴え渡る竜蔵の剣技とは裏腹に、斬れば斬るほど虚無が募る。

そして、やっと竹藪を抜け出て行き着いた草原には必ず団野源之進がいて、竜蔵は呆気《あっけ》なく負けてしまうのだ。

「庄《しょう》さん、おれは何やら恐くなってきたよ。団野先生と仕合をすることが……」

源之進との仕合の日取りが決まらぬまま二月となったある日。

竜蔵は門人の竹中庄太夫《たけなかしょうだゆう》にふっと弱音を吐いた。

このところは人間に丸味が出てきたとはいえ、直情径行にして痩《や》せ我慢を男の美徳とする峡竜蔵である。仕合が恐《こわ》いなどとは口が裂けても言わぬものだが、十四歳年長で長く軍師と頼る庄太夫だけには素直になれる。

「それは、恐くてあたり前でござりましょう」

庄太夫は竜蔵の気を安めるこつを誰よりも心得ている。事も無げに言った。

「相手が相手ですからな。されど、負けたとて恥にもなりますまい」

「うむ、それはそうだが、あまりにも呆気なく負けちまったら格好がつかねえ。そんなことを思うと情けねえ話だが、時折身震いがしてならねえんだよ」

竜蔵の口調が心もち軽くなった。

「ほッ、ほッ、あまりにも呆気なく負けてしまう先生を見てみたいものですな……」

「何だい、笑い事じゃあねえよ」

「いや、これは申し訳ございませぬ……。先生が負ける自分を思い描いて身震いをなさっておいでとは知りませなんだ。ほッ、ほッ、わたしはますます先生が好きになりました……」

庄太夫はさらに笑いとばした。

十四歳年長で、峡竜蔵の知恵袋である庄太夫だからこそ出来る励まし方であった。

「ふッ、ふッ、庄さんには敵《かな》わねえや……」

竜蔵もこんな風に話を終らせることが出来るというものだ。

峡竜蔵の心の奥底にあり、彼に迷いと弱気をおこさせている得体の知れぬ屈託がこれくらいの会話で解消されるはずはないが、今の竜蔵にとっては、その屈託の正体が何かを探ることは疎《うと》ましかった。

庄太夫相手に、偽らざる想いを吐露できただけでも随分と気が楽になった。

「まず先生、人は偉くなるにつれて何やら寂しくなるものではござりませぬかな」

庄太夫はまた事も無げに言ったが、峡竜蔵が今言いようのない心の靄《もや》を胸に抱えていることはよくわかっている。何とかそれを竜蔵から取り除こうと彼自身裏では腐心していた。

何よりもそれが峡道場における自分の役割であると自負していたのだ。

「山は登っている方が楽しゅうござります。それゆえ山の頂が見えてくると、何やら寂しゅうなるのでござりましょう」

「なるほど、そんなものかもしれねえな……」

「まあ、わかったことを申しておりまするがこの竹中庄太夫は、偉くなったことがないゆえ、その寂しさがどのようなものかはわかりませぬ……」

「ふッ、ふッ、おれが山の頂に近付いているというなら、気をつけねえと庄さん、お前も随分と高い処《ところ》にいるってことだよ」

「わたしが高い処に……」

「あたり前だろう。一緒に山を登って来たんだからよう……」

「先生、そのように泣かせることを仰《おつしや》らないで下さりませ……」

風変わりな師弟は互いに励まし合いつつも、さらなる高みに進むことに戸惑っていた。

そして、団野源之進との仕合がいつ行われるのかは依然として決まらなかったのである。

二

竹中庄太夫は次の日から方々剣術道場を巡り歩いた。

彼が残りの人生を捧《ささ》げようと誓った峡竜蔵は、これが最後の仕合になるやもしれぬという感傷に捉《とら》われているようである。

これは自分の精神の発達が、剣の実力に追いついていないゆえにおこる病だと庄太夫は解したが、ここまでくれば竜蔵には何としてでも勝ってもらわねばならない。

物思いに耽《ふけ》っている暇はないのだ。

まず今の峡竜蔵は剣の修行に余裕があり過ぎる。

昨年の大仕合を勝ち抜いたことで、もはや同じ年代の剣士には竜蔵の相手になる者がいなくなったからだ。

それならば――。

他流派の剣客の中から、竜蔵の稽古相手を探すしか道はあるまい。そして強い相手と竹刀を交えれば、竜蔵にがむしゃらな想いが蘇《よみがえ》るであろう。

庄太夫はそう思ったのである。

防具着用による竹刀稽古が出来る強い剣客を一日も早く見つけて、謝礼を惜しまず峡道場へ出稽古を願うのが急務であった。

先般の大仕合で、竜蔵は十両の報奨金を得た。さらに赤石郡司兵衛から、あれこれ入用もあるだろうと五両の金子《きんす》を手渡されていたのだが、竜蔵はそのうちの五両を祝勝の宴《うたげ》に派手に使って、残りの十両を、

「稽古場の掛かりに充てておくれ……」

と、庄太夫に預けた。

その遣い方は一切庄太夫に任せるとのこと。

庄太夫はそれが嬉しくて、

「先生からお預かりした金子は、あだやおろそかにはいたしませぬ」

と意気込んだのであるが、まず出稽古をしてもらうための入費に充てようと定めた。

〝蚊蜻蛉《かとんぼ》〟のごとき痩身《そうしん》で、〝年寄りを労《いたわ》るつもりの稽古〟を望んできた竹中庄太夫であったが、このところはそれなりに剣術の腕も上がってきた上に、鑑識眼が好《よ》く身

についてきた。

剣客の腕のほどを見極めることに、庄太夫は今自信があったのだ。

——まあ、それはわたしだって、峡竜蔵の剣を見守ってきたのだから、自《おの》ずと目も肥えるというものだ。

心の内でニヤリとしては、中西派一刀流、小野派一刀流、神道無念流などの看板を掲げている剣術道場の武者窓を片っ端から覗《のぞ》き込んだ。

いかにも剣客然とした男がこれをすると、稽古場にいる者達を刺激する場合もあろうが、四十の半ばを越えた温和な小男である庄太夫が覗き込む分にはまず見咎《みとが》められることはない。

このあたりは庄太夫も心得ていて、

「うむうむ、ふむふむ、ほう……。これはなかなかにお見事じゃ……」

などという風情を醸すようにしているからむしろあの親爺《おやじ》を唸《うな》らせてやろうと剣士達も張り切ってくれるというものだ。

というわけで、庄太夫は自慢の健脚に物を言わせて、方々の剣術道場で稽古に励む剣客の姿を見たわけだが、どこへ行っても感じ入ったという表情とは裏腹に、心の底では苦笑いを禁じ得なかった。

――まあ、なかなかの遣い手ではあるが、せいぜいが新殿《しん》くらいの腕前だな……。

峡道場の俊英、神森新吾《かみもりしんご》に勝てるかどうか――というくらいの剣客にしか巡り合わなかったのである。

それが初午《はつうま》も過ぎたある日。

庄太夫はついに〝これは！〟という剣客に出会うことになる。

浅草田原町にある小野派一刀流・木田忠太郎《きだちゅうたろう》の稽古場にその剣客はいた。

いつものように感じ入る体で、武者窓を覗き込み剣士達の稽古風景を眺めていると、面を着けて現れた一人の剣客の前に門人達が列を成《な》す様子が目にとび込んできた。

面を着けているゆえにその顔はよくわからないが、その剣客の、大柄で鍛え上げられた筋骨隆々たる体からは威風が漂い、神々しい光が発せられているように思えた。

「ほう、これは……」

すぐに庄太夫の目は釘付《くぎづ》けとなった。

圧倒的な迫力を放ちながらも、そこには殺伐な気は漂っておらず実に爽《さわ》やかで真に剣術が好きで堪《たま》らぬという心が伝わってくる。

その風情は峡竜蔵のそれと実によく似ていた。

「えいッ！」

剣客が竹刀を揮《ふる》う――。

その剣捌《さば》きにはいささかの隙も無駄もない。掛け声も野太いものながら真に品が好い。ただひたすらに己を律し、剣に打ち込んできた者が発する声なのであろう。

打ちかかる門人達はまるで歯が立たない。

剣客の体にかすることも出来ずに、次々と技を決められ呆然《ぼうぜん》として次の番を待つ者と交代していくのである。

まるで大きな巌《いわお》がそこに立っているかのように見えた。

様子を見るに、どうやらこの剣客は木田忠太郎なる剣術指南の弟子ではなく、木田に頼まれて出稽古に来ているようである。

――それならばなおのこと好い。

峡道場にも出稽古を請えば好いのである。

やがて門人達と一通り立合った後、剣客は面を脱いだ。

庄太夫は食い入るように見る。

太い眉《まゆ》に猛鳥のような目、少々殴られたとてびくともしないであろう頬骨《ほおぼね》の張りは、峡竜蔵と似た趣があるが、こちらの方が生真面目《きまじめ》でさらに武骨者を思わせた。

――うむ、いずれにせよ、峡先生とは同じ年恰好《としかっこう》だ。

「松田《まつだ》殿……」

道場主らしき師範が満面に笑みを湛えて、大柄な剣客の傍へと歩み寄った。

この師範が木田忠太郎で、剣客は松田というようである。

「いやいや見事でござった。我が門人達も好い稽古となったはず。真に忝《かたじけの》うござる」

「見事などとはお恥ずかしゅうござりまする。わたくしもまた、好い汗を流させていただきましてござりまする……」

松田はこれに恭しく頭を下げて応《こた》えた。

強さを誇らぬあくまでも謙虚なもの言いがまた好い。

「よし……」

庄太夫は低い声で呟き腹を決めた。とにかくどれだけ待とうが、松田氏を木田道場の前で待ち構え、峡竜蔵の稽古相手になってもらえるよう直談判《じかだんぱん》するつもりであった。

まだ春寒は身に応えたが、この剣客を逃すわけにはいかなかった。

幸いにして、松田氏はそれから半刻《はんとき》（約一時間）も経《た》たぬうちに木田忠太郎の稽古場から出てきた。

「卒爾《そつじ》ながら……」

庄太夫は他所《よそ》の剣術道場の前であることをはばからず、すぐに出て畏《かしこ》まった。

「はい……」

初老の小柄な武士が、いきなり折目正しく腰を屈《かが》めたので、松田氏は少し気を遣うように声をあげた。

「某《それがし》は直心影流・峡竜蔵先生の門人にて竹中庄太夫と申しまする……」

庄太夫は一気に名乗りをあげたが、その時意外にも松田氏の顔が俄《にわか》に綻《ほころ》んで、

「ほう……、峡竜蔵殿……。彼の御仁《ごじん》に斯様《かよう》に落ち着かれた御弟子がござったとは……」

という応えが返ってきた。

「なるほど、時の経つのは早いものだ……」

そして感慨深げに笑うのを見て、庄太夫は驚いた。

「では、御貴殿は峡先生のことを……」

「はい、何度かお手合せ願ったことがござった」

「左様でござりましたか……」

「七年も前になりましょうか、藤川先生の御稽古場で……。いや、真に強い御仁でござった」

「それはまた奇遇でござりまするな……」

「申し遅れました。某は気楽《きらく》流・松田新兵衛《しんべえ》と申す者にて……」

「松田……新兵衛……先生……。おお、わたしとしたことが……」

庄太夫は思い出した。

随分と前に峡竜蔵が、

「若い頃のおれは、同じ年恰好で腕の立つ奴がいれば、むきになって打ち負かしてやろうとしたもんだが、一人だけ、どうしようもなく強い奴がいて、世の中には上には上がいるもんだと思い知らされたことがあったよ……」

と、珍しく感慨深げに話していたことを――。

三

「はッ、はッ……、あれからもう七年になるか……」

「時が経つのは早うござるな。直心影流での大仕合に見事勝ち抜かれたとのこと。祝《しゅう》着至極《ちゃくしごく》にござる」

「大したことではないのだよ。七年も経ちゃあ、誰でもちょっとは強くなるってものさ……」

「いや、七年の間、精進なされたゆえのことでござるよ……」

気楽流剣客・松田新兵衛は、竹中庄太夫の要請に快く応えて、三田二丁目へと足を運んでくれた。

「出稽古下されますならば、一日につき一両お渡しいたしましょう……」

庄太夫は意気込んだが、

「はッ、はッ、戯《ざ》れ言を申されまするな。峡竜蔵殿と稽古が出来るのであれば、こちらから礼をいたさねばならぬというもの……」

新兵衛は事も無げに応えて庄太夫を感嘆させたものだ。

そして、三田二丁目の稽古場に俄に現れた松田新兵衛を見て竜蔵は大いに驚き、

「今日はもう日も暮れよう、稽古は日を改めてみっちり願うことにして、まず互いの今を語り合おうではないか……」

そう告げて新兵衛を居間へと通したのであった。

七年前のこと。

松田新兵衛の師である気楽流剣客・岸裏伝兵衛《きしうらでんべえ》は、所用で旅に出て本所番場町に構えていた己が稽古場を長らく留守にした。

それゆえに、門人の稽古が疎《おろそ》かになってはいけないという配慮から、主だった弟子

数人を、直心影流の大師範・藤川弥司郎右衛門に数日間托《たく》すことにした。

気楽流は、居合、鉄扇、棒、鎖鎌《くさりがま》、長刀、小太刀、十手《じって》、乳切木《ちぎりき》、縄、槍《やり》、柔術……。あらゆる武器を扱う武芸として主に関東で普及した一流であるが、元祖は直心影流と同じ剣聖・上泉伊勢守《かみいずみいせのかみ》と言われている。

岸裏伝兵衛は多岐に渡る武芸を包含している気楽流を修める身として、気楽流に固執せずに、他流の師範達に積極的に教えを請うた。

特に流祖が同じ直心影流の藤川弥司郎右衛門を慕い、竹刀と防具による稽古法では一歩抜きん出ていた直心影流から多くを吸収したのである。

弟子達を藤川道場で稽古させることは、岸裏道場の竹刀、防具使用による稽古の成果を確かめる意味もあった。

そしてこの岸裏門下の中に、当然のごとく松田新兵衛も名を連ねていた。

「あの頃、この峡竜蔵は随分と向こうみずで乱暴者で……。何が気楽流だ。どいつもこいつもおれが叩《たた》き伏せてやると息まいていたものだが、何のことはない。かえっておぬしに打ち込まれて散々な目に遭った……」

「散々な目に遭ったとは言い過ぎでござろう。いかに藤川先生の御門人方が秀《ひい》でておられようが負けてなるものか……。某もそう思って稽古に挑んだが見事に峡殿にはね返され、随分と悔しい想いをしたものでござる……」

竜蔵も新兵衛も、とてつもなく強い者に出会った驚きばかりを覚えていて、その時どのような稽古をしたものか、記憶が薄らいでいるようであった。

「思えば、あのような機会を得ながら、ほんの少しの間しかおぬしと稽古ができなんだとは、真に残念なことであった……」

「はッ、はッ、真に左様でござるな。今は、峡殿が三田二丁目に新たに稽古場を構えられたと聞き参った次第でござる……」

「あのことならば何も気にすることはなかったものを……」

それから二人は七年前のある一件について思いを馳《は》せた。

思わぬ出会いによって互いに好敵手と認め合い、稽古で打ち合い、強い者同士だからこそ味わえる剣の妙に浸った峡竜蔵と松田新兵衛であった。

利かぬ気で負けず嫌い、時に乱暴な物言いをする竜蔵に対して、冷静沈着で物堅く、無駄口を利かぬ新兵衛――。

正反対の気性でまったく相容《あいい》れないように見える二人であるが、己を律しひたすら剣の奥義を求める姿勢においては相通ずるところがあるゆえに、殆《ほとん》ど言葉を交すことはなくとも稽古になると互いに姿を求め合った。

これだけの剣捌き、足捌きが出来るようになるためには、どれほどの血と汗を流さねばならぬかは互いにわかる。

それを思うと、二人は暗黙の内に気脈を通じていたのだ。

ところが、岸裏門下生達が藤川道場に通い始めて三日目のこと。

かねてから体調を崩していて草津へ湯治に出ることになっていた藤川弥司郎右衛門は、この間も工合《ぐあい》が悪く出立を早めることにした。

弥司郎右衛門の内弟子であった竜蔵はこれに付き従わねばならず、

「残念だが、いつかまた稽古をしたいものだな。その時は叩きのめしてやるから覚えていろよ……」

竜蔵はそんな憎まれ口を利いて、新兵衛と別れたのである。

そうして藤川道場には、この日主だった師範代も弥司郎右衛門の供をしておらず、
新兵衛はいささか残念な想いをしたのだが、

「某がお相手仕《つかまつ》ろう、峡竜蔵ではのうて御不満ではござろうが……」

そう言って松田新兵衛に立合を望んだ者があった。

その門人は亀山《かめやま》左兵衛《さへえ》といった。

歳《とし》の頃は峡竜蔵よりやや上で、竜蔵と同じく、藤川弥司郎右衛門の内弟子として道場内に一間を与えられ起居していた。

多彩な技と巧緻《こうち》な剣捌きには定評があり、藤川門下の剣士としては一目置かれる存在であった。

暴れ者の竜蔵も、亀山にはあまり逆らわなかった。

何かというと、

「木太刀で立合ってみるか……」

などと言い出すからである。

亀山は、その眉目秀麗《びもくしゅうれい》なる容姿からは想像できぬ荒々しさと、気の短かさを持っていた。うっかり売り言葉に買い言葉でこれを受け入れてしまうと面倒なことになるのである。

稽古場において木太刀で打ち合うなど狂気の沙汰《さた》で、そんなことをしていたら体がいくつあっても足りないというものだ。

そんな亀山左兵衛はこの日、朝から苛々《いらいら》としていた。

気楽流の剣士達がやって来るというので、

「ひとつ揉《も》んでやろう……」

などとうそぶいていたのであるが、松田新兵衛からはまったく一本が取れず、彼と互角に立合う峡竜蔵にその場を攫《さら》われ、

「松田新兵衛に稽古をつけてもらうがよい……」

師の藤川弥司郎右衛門からはこんな叱責《しっせき》を受けてしまった。

それによって、弥司郎右衛門の供も叶《かな》わず稽古場に残されたのであるから、元来気位の高い亀山が苛々とするのも無理はなかった。

昨日までは他流との稽古で調子が狂って、本領を発揮できなかったが、今日こそは松田新兵衛を叩きのめしてやる——。

亀山の苛々はこの時、松田新兵衛への敵対心に変わっていったのである。

剣を交える上においては、遠慮も慎みもいらない。全力で相手を打ち倒すことこそ礼儀なのだと考える新兵衛は、他流稽古とて手を抜かず次から次へと藤川道場の門人に立合を望み打ち負かしていた。

竜蔵はそれを〝痛快〟と受け止め、力いっぱい新兵衛との稽古を楽しんだが、亀山はそれを〝小癪《こしゃく》〟と捉えた。

そして、亀山左兵衛のこの想いに同調する者も数多《あまた》いたのである。

門弟三千人を数える藤川道場ともなれば、世の中の流行や風潮に応じて、看板の大

きさに憧《あこが》れて入門してくる弟子も多い。そういう連中ほどまた、馴染《なじみ》のない流派を頭から否定し、そこで調子に乗る奴は散々に口でこき下ろすことが好きなのだ。

亀山はこういう輩《やから》を従えて悦に入る癖があった。

だが、松田新兵衛はというと、

「よしなに……」

気負う亀山にまったく反応せず、他の門人達を相手にするのと同じように軽く会釈を返して面を着け始めた。

これが亀山の新兵衛への敵対心をさらに煽《あお》ってしまうことになった。

結局その日も調子が出ぬままに、松田新兵衛に対してまるで好いところがなく立合を終えてしまった亀山は、

「せっかくここへ稽古に来て下されたと申すに、これではおもしろうはござるまい……」

稽古後、新兵衛に絡むように語りかけた。

「いや、好い汗を流させていただきました……」

新兵衛はこれに対して実に素っ気なく応えた。

「いやいや、そうではあるまい……」

亀山は新兵衛への怒りを募らせさらに絡んで、

「明日は木太刀で立合いを願いたい……」

ついにこう切り出した。

「畏まりました……」

新兵衛はこの無茶な申し出をあっさり受けた。

「戯《や》れ言はお止め下され……」

などと言って困ってしまう新兵衛を想像していた亀山であったのだがこうなれば引き下がるわけにはいかない。

翌日二人は木太刀で仕合をすることになった。

周囲の者は止めたが、師範代達は不在で、こういう時の喧嘩収めがうまい峡竜蔵もまた、師に付いて旅に出ていた。

「何があっても遺恨を残さぬこと。互いに誓約を交そう」

「無論のことにござる……」

亀山左兵衛の問いかけに松田新兵衛は臆《おく》せず応え、危険な仕合は始まったのである。

誰も止めることなど出来なかった。それどころか亀山の取り巻きはこの仕合を無責任にも煽ったりしておもしろがった。

何と言っても亀山は木太刀での勝負には必勝の自信があったのだ。いくら防具着用の竹刀稽古が強くとも、木太刀となれば勝手が違う。ためらう相手に度胸一番打ち込んで、亀山はこれまで何度も勝利を収めていた。

だがそれは、並の剣士相手のことである。

「あの日の亀山は何かに憑《つ》かれたとしか言いようがない……」

七年後の今、竜蔵はそう分析する。

「いや、むきになって仕合を承知した某もいけなかった……」

新兵衛はあの日を想い悔んだが、

「なんの、おぬしは悪くない。おれはその場におらなんだゆえに好い加減なことは言えぬが、おれがおぬしの立場であれば、まったく同じことをしたはずだ」

竜蔵は亀山の思い上がりを指摘した。

「そして、亀山左兵衛が命を落としたのも勝負の運だと思う。仕方がなかったのだ……」

木太刀での仕合は、亀山が命を落とすという悲惨な結末となった。新兵衛は亀山の攻めに臆することなく、これに苛立ちを覚えた亀山が捨て身の面に出た。そして新兵衛の体は自然と技を返し、亀山より一瞬早く面を捉えていたのだ。

「確かに仕方がなかった。あれは剣客同士、納得ずくで臨んだものでござったゆえに……だがそれによって、せっかく岸裏先生が道をつけて下さった、藤川先生の稽古場へは行かれぬようになった……」

あの日。

亀山左兵衛が打ち込んできた面は凄《すさま》じかった。咄嗟《とっさ》に打ち返していなければ、新兵衛が面を割られ命を落としていたであろう。

仕合の結果に悔いはないが、さすがにその後直心影流の剣術道場で稽古が出来なくなったことが辛かったと新兵衛は言った。

人一人が死んだのである。仕合の上での事故と済まされない感情を抱く者も出てくるものだ。

実際、亀山左兵衛を慕っていた盛田《もりた》源吾《げんご》なる若き門人は、

「いつの日か、この盛田源吾と、真剣での立合を願えませぬか」

と言って新兵衛の前へと進み出て、新兵衛がこれに応じると、藤川道場に迷惑がかかってもいかぬと道場を辞して廻国《かいこく》修行の旅へと出たのである。

「ふッ、ふッ、そのようなことがあったそうだな……。盛田源吾はひ弱な男で、相弟子の中でからかわれていたのを、亀山左兵衛に守ってもらっていたのだ。亀山が死ん

でしまえば稽古場に己が居所がなくなると思って皆の前で格好をつけて辞めていったのだろうよ」

そういえばそんな奴もいたものだと、竜蔵は思い出を掘り起こしてみて、

「もし盛田がその時の誓いを忘れず修行に励んでいて、いつかおぬしに果し合いを挑んできたとて、よもやおぬしが後れをとることはあるまい。だがいかに剣の誓約とはいえ、罪なき者を斬らねばならぬとは、真に虚《むな》しいものだな……」

つくづくと言った。

竜蔵の脳裏に、このところ夢の中の竹藪で斬り捨てている武士達の姿が蘇ってきた。そして、今では定かでなくなった盛田源吾の面影がその中に浮かんだ。

松田新兵衛はというと竜蔵の言葉に大きく頷《うなず》いて、

「剣を極めようとすれば、自ずとついてくる心の迷いもござろう。だが、生きるも死ぬも修行のひとつに過ぎぬもの……」

呟くように言った。

「なるほど、おぬしの言う通りだ……」

竜蔵は深く感じ入って相槌《あいづち》を打った。

「ともあれ峡竜蔵殿、あれからほどなく、岸裏先生は稽古場を畳み廻国修行の旅へと

出られ、この松田新兵衛もまた旅へ出て少し前に江戸へ戻って参った」

「この峡竜蔵はあれからすぐに藤川先生を亡くし、先生が世を去られるにあたり与えて下された稽古場に拠《よ》って、剣術修行を続けてござる……」

「あの折は、利かぬ気が体中から滲《にじ》み出ていたようなおぬしが、今では一廉《ひとかど》の道場師範。未《いま》だただ一人剣術修行を続ける身には目映《まばゆ》いばかりにござる」

「なんの、なまじ稽古場を構えたゆえ中身も伴わぬ師範もどきに成り下がったこの身には、ただ剣あるのみというおぬしこそ眩《まぶ》しく映る……」

剣客二人はふっと笑い合って居ずまいを正した。

「松田新兵衛殿、思えばただ二日の間でござったが、おぬしとの立合ほど楽しいものはなかった」

「それは某とて同じこと……」

「こうして七年前の因縁から解き放たれた上からは、何卒《なにとぞ》、稽古相手になっていただきたい」

「こちらも望むところにござる。いや、竹中庄太夫殿によくぞ出会えたものでござる」

「ふッ、ふッ、彼の者はここの板頭《いたがしら》でござってな。何かというと助けられているのでござるよ……」

豪快に笑う竜蔵を、松田新兵衛は小首を傾《かし》げて見た。そう容易《たやす》く笑顔を見せないのもこの男の身上らしい。それがまたいかにも剣に生きる豪傑の感がして、竜蔵はこの男と向かい合っていると実に心地がよかったのである。

四

「ならば参る……」

「こいつは楽しみだ……」

「峡殿は別れ際に、今度稽古する時は、叩きのめしてやるから覚えていろと申されたな」

「さて、そんなことを言ったかな」

「確かに申された」

「七年前のことだ。まあ許してくれ」

「許すも許さぬも、某にとって己を叩きのめしてくれる人こそありがたい」

翌日の朝から松田新兵衛は嬉々《きき》として三田二丁目へと通ってきてくれた。

彼は現在、木挽《こびき》町二丁目の唐辛子屋の二階に間借りをしている。三田二丁目までは決して近くはないが、新兵衛の足であれば小半刻（約三十分）で着く距離であった。

昨日、浅草田原町の木田道場から峡道場へと向かう道中、新兵衛は竹中庄太夫から、今峡竜蔵には強い稽古相手が必要であるという理由を聞かされていた。

これは新兵衛が竜蔵と面識があることを知った庄太夫が、

「しからば申し上げましょう」

と、近々竜蔵が団野源之進と仕合をするという事情を打ち明けたからであるが、

「ほう、あの団野先生が、峡殿と仕合を……。それは素晴らしい」

話を聞くや新兵衛は大いに感じ入ったものである。

新兵衛は直心影流の剣客と稽古を共にすることを極力避けてきたゆえに、団野源之進とはまるで面識はないが、その勇名はかねてから聞き及んでいた。

藤川弥司郎右衛門、赤石郡司兵衛と受け継がれた直心影流の道統をこの後は、団野源之進が、未来へ繋《つな》ぐことになろう――。

そのように聞いていたから、団野源之進が先般行われた大仕合で勝ち抜いた峡竜蔵相手に仕合をするというのは、竜蔵が流派の内で的伝者の候補に挙がっているものであると容易に知れる。

七年前。互いに、

「こ奴……。できる……」

と感嘆しあって夢中になって立合った相手がそのような高みに上っていること。そして今、自分がその峡竜蔵に請われて、来たるべき団野源之進との大一番に備えての稽古相手として竹刀を交えることが、松田新兵衛を大いに感激させていたのである。

竜蔵は新兵衛の想いをありがたく受け止めて竹刀を構えた。にこやかな表情を面の中で浮かべつつ新兵衛も応じた。

たちまち稽古場の中に、えも言われぬ恐《おそろ》しい剣気たるものが立ちこめた。

峡道場はこのところ賑《にぎ》わいを見せ、門人は十二人となり方々から名だたる剣客も訪れるようになっていたのだが、それでもなお今日の凜《りん》として張りつめた緊張を、門人達は未だかつて味わったことはなかった。

「今日、おれは松田新兵衛殿とのみ稽古をするゆえ、皆は新吾の指揮の下、励んでくれ……」

この日竜蔵は朝から門人達にそう言って、新兵衛が現れるや挨拶《あいさつ》をさせた後、早速稽古場の一隅に彼を招き、防具を着装した後対峙《たいじ》した。神森新吾以下峡道場の門人達は、二人の気合の凄じさに自分達の稽古を勝手に始める気にもなれず、思わず見入っていた。

「えいッ！」

「やあッ！」

竜蔵と新兵衛が放つ裂帛《れっぱく》の気合は、互いの気迫に常よりもなお押し上げられて、天から降り立った金剛力士が地上にあって叫んだかのごとく勇壮で、神々しくさえあった。

——松田新兵衛、見事なまでに腕を上げよった。

竜蔵の表情に陶酔の色が顕《あらわ》れた。

剣先に己が体の重みと気迫を込めて、互いに青眼に構え間合を崩し合う——。

ぐっと前へ出たと思えば、さっと引く。

竹刀を打ち払ったかと思えば、じわじわと右に左に回り込む。それだけで相手の強さがわかる。

新兵衛の、手許《てもと》はまったく上がらない。構えに毛筋ほどの乱れもない。

それでいて、竹刀を持つ手首は実に柔かく、しなやかであるのだ。

間合を計り、崩し合う時ほど楽しいものはないと竜蔵は思っている。

相手の構えが崩せなくて色々な仕掛けを講ずるに、日頃の工夫の成果が自ずとそこに出てくるからである。

もちろんこの間、竜蔵もまた手許が上がらず、構えには乱れがなく微動だにしない。松田新兵衛は竜蔵の構えを美しいと思った。

「とうッ！」

やがて相手の動きを確かめると竜蔵は、稽古のことである、まず打ちあってみようと次は連続技を打ち込んだ。

「うむッ！」

先を越されたかとばかりに、新兵衛がこれに応じた。

木太刀、真剣であれば打ち合えるはずがない技も、竹刀で防具をつけての稽古となれば気にせずに確かめられる。

竜蔵が面に出れば、新兵衛は小手を返す。

その小手をさらに竜蔵がすり上げて再び面に出る。今度は新兵衛、竜蔵の打ち込みを竹刀で払い自分も面に出る——。

息もつかせぬ壮絶な二人の打ち合いはしばし続いた。

驚いたことに、二人の体は互いに構え合った位置からほとんど動いていない。二畳ばかりの範囲で二本の竹刀ばかりが宙に踊っているかのようであった。

そして怒濤《どとう》のごとき技の応酬が一段落つくと、二人はすっと離れて、また剣先の取り合いを始めた。

途端、神森新吾を始め門人達が、ふッと溜息《ためいき》をついた。

一人、見所で座ってこの立合を眺めていた竹中庄太夫は、自分の目に狂いがなかったことに喜び、顔中に皺《しわ》を作ってほくそ笑んだのであった。

「ふッ、ふッ、ふッ、これでまた竜は一層の高みを目指して昇るはずじゃ……。あまり好い言い回しではなかったかな……」

庄太夫の狙《ねら》い通り、無敵ゆえの孤独から己が剣に迷いが生まれていた竜蔵に生色が戻ってきた。

話をするに歳は松田新兵衛がひとつ上であるだけで、師から学んだ剣を大事にしつつも、己が満足できる剣を追い求めていきたいというものの考え方はまったくもって同じである。

朝の入念な素振りと鍛錬を欠かさず、稽古に日々の楽しみを見つけることを常とするのも変わらない。

「稽古場にただ一人出て、真剣を青眼に構え、その剣の先をじっと見つめるのが、おれは好きでな……」

竜蔵がそう語りかけると、

「その剣の先に、何か目に見えぬものが蠢《うごめ》いているのではござらぬかな」

新兵衛はそう応える。

「左様……。死んだ親父殿の話では、構えた剣の向こうに、軍神のようなものが浮かんでくるそうな……」

「なるほど、己を追い込むとその様なことがあるやもしれぬな」

「おれはまだ見たことはないが……」

「ほう」

「おぬしは」

「ござらぬ……」

「はッ、はッ、はッ……」

「ふッ、ふッ、ふッ……」

剣について話すと、こんな風に話が合う。

体格は松田新兵衛の方が竜蔵よりやや大きいが、共に繰り出す技は、甲冑《かっちゅう》の上から武者を真っ二つにするがごとき剛剣が身上。

——何とか奴に一本決めてやりたい。

峡竜蔵の松田新兵衛に対しての想いが、二人の立合をますます激しくした。

新兵衛はそんな、竜蔵との稽古が楽しくて仕方がない様子で、一日の稽古を終えた後のえも言われぬ脱力に浸るのが心地よいとさえ言った。

――おれと同じような想いで剣に打ち込んでいる者がいたとはおもしろい。

竜蔵は新兵衛との立合の中で、彼の剣に対する工夫や気持ちの入れ方を素直に学んでいた。

この様子をそっと見守る竹中庄太夫は、

「あの負けず嫌いの先生が……」

と感嘆していた。

だが当の竜蔵にしてみれば、松田新兵衛が醸す三十半ばの剣客の風格がどこからくるものなのか、大真面目に観察し、己が身につけようとしていたのだ。

竜蔵は負けず嫌いで、何かというと、

「ふん、あんな奴がどうしたというのだ……」

こんな風に人をこき下ろすことが多いのであるが、自分が剣の修行を怠らないだけに、努力や精進の跡が垣間見《かいまみ》える人の実力は、以前から素直に認める男でもあった。

すなわち、松田新兵衛から学ぶのは何も恥じるべきではないと信じていた。

　そして、一旦《いったん》観察を始めると徹底的に会得せねば気が済まない。

　朝から来て夕方まで稽古に付き合ってくれる日は、新兵衛に中食《ちゅうじき》を振舞ったが、この時の新兵衛の箸《はし》の使い方や食べ方にも注視した。

　旺盛《おうせい》に食べるところは竜蔵と同じであるが、飯碗《めしわん》を手に取りこれを軽く掲げてから背筋を伸ばし、決して掻《か》き込まず黙々と箸を口に運ぶ新兵衛の食事作法は、

「ちょいと竜さん、ご飯粒がついてるよ……」

　と、妹分である常磐津《ときわず》の師匠・お才《さい》にからかわれたり、

「竜蔵さん、よく嚙《か》まないといけませんよ……」

　と、幼馴染の綾《あや》に窘《たしな》められる子供のような竜蔵のそれとまるで違う。

　食べている間は無駄口をたたかず、竜蔵が馬鹿話を始めると口許を綻ばせつつ、箸の動きを少し控え目にして、

「馳走《ちそう》になった……」

　食べ終えるや、給仕をする竜蔵の十三歳の内弟子・雷太《らいた》にただ一言にこやかに声をかける――。

　元々がいかつい豪勇の武士である松田新兵衛が、謝意を表す時に見せる一瞬の頰笑《ほほえ》みは、竜蔵の頰笑みの何倍もの効能がある。

万事において、松田新兵衛の挙作動作には無駄がなく、そこからは威風が漂っているのだ。

――これは誰かに似ている。

それを思うに、竜蔵の頭の中に赤石郡司兵衛の姿が浮かんできた。

郡司兵衛は古武士然とした面相の中に、穏やかな笑みを漂わせることによって、彼が持ち合せている研ぎ澄まされた剣技の凄味を覆い隠している。

――それでこそ人から〝師〟と敬われるのであろう。

だが、それは赤石郡司兵衛が大師範であるからで、人には位と共にそれが自然と備わってくるものだと竜蔵は思っていた。

ところが気がついてみると自分は団野源之進という名高き剣客と、武芸一流の道統をかけた仕合をすることになっていた。そして同じ年格好の松田新兵衛には既に身についているというのに、依然自分には人を怖がらせる凄味はあっても威徳なるものが備わっていない。

そこに想いが行き着いた途端――。

せっかく松田新兵衛が稽古相手になってくれてからというもの、稽古に気合が入ったことで見なくなったあの不吉な夢を、また見てしまったのである。

五

三田二丁目の峡道場に、松田新兵衛は連日通ってくれた。

「今しばらくはちょうど出稽古などもござらぬによって、真にようござった……」

と竜蔵に話したが、この間も生真面目な新兵衛は竹中庄太夫が手渡そうとする謝礼を固辞して、

「中食を馳走になるだけでもありがたい」

と、雷太が拵《こしら》える膳《ぜん》をうまそうに黙々と食べ、稽古が終ると酒の誘いも断り、真《ま》っ直《す》ぐに帰っていった。

竜蔵は相変わらず新兵衛との激しい稽古に刻を忘れつつ、新兵衛の立居振舞を見つめていたが、

「あの男は寂しがったりはしねえのかねえ……」

どこまでも孤高を生きる姿に少しばかり疑問さえ覚えた。

竜蔵とて弟子が一人もいなかった頃は、一日中稽古場に籠《こも》って人に会わない時もあった。

しかし、何かというと町に繰り出し、喧嘩に明け暮れてもいたから、一人きりの寂

しさを何かで紛らしていたと言える。

新兵衛とて寂しがったり、人の中に群れてみたりすることもあるやもしれぬ。

彼とて独身の男なのである。行きつけの居酒屋のひとつあって、そこにいるちょっとばかり小股《こまた》が切れあがった女将《おかみ》と一日の疲れを癒すために、二言三言話してから浪宅《ろうたく》に帰るのかもしれない。

だがそんな自分を、剣客である峡竜蔵にさらけ出すことなど恥ずかしいと思っているのではないか――。

考え出すと興味が湧《わ》いて、新兵衛が通って来てから五日たったこの日。

日の暮れを待たずに、

「今日はこれまでといたそう……」

と、新兵衛が辞去するので、これは何かあるのではないかと思い、竜蔵は密《ひそ》かに新兵衛の後をつけた。

竹中庄太夫には竜蔵の意図がわかったが、若い神森新吾は元より、この日は稽古に顔を見せていた腕っこきの御用聞き・網結《あみすき》の半次《はんじ》さえも、

「先生は何か好いことがおありになるんですかねえ……」

いそいそと稽古場から出ていった竜蔵の様子を見て首を傾《かし》げたものだ。

竜蔵は、相変わらず何とか自分を変えようと必死になっていた。団野源之進と仕合をすることの重要性や意義が日増しにわかってきてそれが重圧となってのしかかってきたのである。

自分を少しでも変えることで、この身をかわいがってくれた亡き藤川弥司郎右衛門にも、赤石郡司兵衛にも、自分との仕合を望んでくれた団野源之進にも恩返しをしたかった。

それには、猛稽古を積むのはもちろんであるが、仕合に勝とうが負けようが、一瞬にせよこの男に直心影流の道統を任せようとした想いは間違っていなかった——そう思わせるだけの風格を身につけることも男として大事なのではないか。

それにはまず、松田新兵衛が日々どのように暮らしているかを知り、これを真似《まね》てみればどうであろうか。

落ち着かない自分の風情も少しは道場主らしく見えるであろう。

この恐しく強い松田新兵衛の真似をするのは恥ずかしくはないし、これは新たな修行のひとつである。

竜蔵はそう思い定めて大真面目に取りくんでいるのだが、どうもこの男の大真面目は、端から見ると何ともおかしみがあるのだ。

峡道場を出て北へ向かう松田新兵衛の歩きようは実にゆったりとして堂々たるもので、大柄で巌のような自分が町を行くと人が恐がるかもしれないという配慮なのであろうか、時折道ですれ違う町の者には必ず頬笑みを向けている。

四国町《しこくまち》の通りから島津家の江戸屋敷の角を東へ、その突き当りを北へ行くと将監橋《しょうげん》へ出る。これを北へ渡りさらに進むと、芝神明《しばしんめい》に着く。

新兵衛はゆったりとこの境内へと足を踏み入れた。芝神明の社周辺は芝居小屋、見世物小屋に揚弓場、茶屋が立ち並ぶ大きな盛り場となっている。

新兵衛はその中の掛茶屋の床几《しょうぎ》に腰を下ろして辺りを窺《うかが》った。誰かが来るのを待っているようだ。

竜蔵は傍らの露店を冷やかしながら、それを遠目に見つめた。

――ほう、松田新兵衛も隅に置けぬか。

そう思った時、一人の老婆がやってきてちょこんと新兵衛の隣に座ると、何やら談笑を始めた。

新兵衛はただ黙って頷き老婆の話に耳を傾けている。

――何でえ、色っぽい相手じゃあねえのか。

松田新兵衛が老婆の話に頷いている様子は何ともほのぼのとした趣がある。

「旦那《だんな》、珍しいじゃあねえですか……」

新兵衛の様子を窺う竜蔵の姿を目敏く見つけて、安《やす》が声をかけてきた。

安は安次郎といって、見世物小屋〝濱清《はませい》〟の主《あるじ》で香具師《やし》の元締、浜の清兵衛《せいべえ》の乾分《こぶん》である。

竜蔵と出会った頃はまだ使いっ走りであった安も、今では〝濱清〟を仕切る一端の兄貴格でこの辺りでは顔を利かすようになっていた。

それでも今でも竜蔵の姿を見ると、子供のような無邪気な表情となって、旦那、旦那とすり寄ってくる。

「おう、安か、ちょうどよかった。あすこに仁王《におう》みてえな武家がいるだろう」

「へい……。はッ、はッ、こいつはほんに強そうだ。旦那のお知り合いで」

「ああ、おれの手本だよ」

「旦那のお手本……？」

「あやかりたい相手なんだが、剣も人も上等過ぎて真似るのが大変だ」

「へい……」

小首を傾げる安に、竜蔵はとにかく松田新兵衛があの老婆とどんな話をしているのかが気になるので、様子を窺ってくれと頼んだ。

「お易い御用で……」

安は勇んで新兵衛の傍《そば》へと寄っていった。

ちょっと危ない橋を渡る時もある安には、顔の知られていない相手の様子を窺うことくらい何でもない。

やがて新兵衛は老婆と連れ立って掛茶屋を出ると、門前の菓子屋へと向かった。

竜蔵はつかず離れずこれを遠目に眺めていたが、すぐに二人について菓子屋へと入った安が竜蔵の傍へと戻ってきて、

「どうやらお武家の先生は、間借りをしている先の婆ァさんの供をしてあげているようですぜ。ヘッ、ヘッ、何ともお優しいお人で……」

とにこやかに言った。

「そうなのかい……」

老婆は松田新兵衛の寄宿先の主《あるじ》で、芝神明門前の菓子屋で売っている干菓子の評判を聞きつけ足を運んでみようと思ったものの、年寄一人でうろうろするのも気が引けると、新兵衛に付き添ってもらったのである。

「干菓子を買った後は、そのまま婆ァさんを連れて家へ戻るつもりのようですねえ……」

見れば新兵衛は、安の言うとおり老婆を伴い菓子屋から出てきた。

「何やら気持ちのいい先生ですねえ。お知り合いならどうして声をかけねえんです」

安が問うた。

「そりゃあお前、婆ァさんと二人でいるところを同じ剣客のおれに見られるのも、気恥ずかしいだろうと思ってよう……」

「なるほど……。だが、あっしが見たところでは、そんなことをお気になさるようなお人じゃあねえような……。何やら大きくてどっしりとしていなさります」

「そうだな。そこがおれとは違うんだな……」

「とんでもねえ、大きくてどっしりとしているのは旦那だって同じですよ」

「そう言ってくれるのはありがてえが、おれはまだまだ、怒ったり、笑ったり、悲しんだり、はしゃいだり……。ガキのままのところがいっぺえ残っている」

「それもまた旦那の好いところですぜ」

「だが、おれもそろそろ大人にならねえといけなくなったのさ……」

竜蔵はそう言うと、店を出て干菓子の袋を手に提げて参道を行く新兵衛の後を追った。

松田新兵衛は、実にどっしりと落ち着いて見えた。盛り場を歩いても老婆を連れていても、峡道場にいる時もその様子は変わらない。

――やはり、日頃が大事だ。

竜蔵は自分に言い聞かせた。何事に対しても鷹揚《おうよう》にゆったりと構えていると、自然と年相応の風格も身につくのであろう。

――すぐには出来ぬだろうが、これも修行。千里の道も一歩からだ。

そんなことを考えながら、竜蔵は遠く離れて人混みにまぎれて行く新兵衛をしばし見送っていたが、俄にその人混みがさっと四方に散ったのを見て怪訝《けげん》な表情を浮かべた。

「畜生、あの野郎、またうろうろとしていやがる……」

竜蔵の傍で安が忌々《いまいま》しそうに呟いた。

人混みを散らばらせたのは、新兵衛の向こうからやって来た浪人の一群の存在であった。

浪人達はいずれも、よくこれだけ人相が悪くなるものだという面体の破落戸《ごろつき》で、近頃、この芝神明の盛り場に目をつけて流れてきたという。

竜蔵はこのことを素早く安から聞き出して含み笑いをした。

さっと人がいなくなってしまった参道に、新兵衛が老婆と取り残されたからである。

浪人達は六人組。いかにも剣客然とした松田新兵衛の姿を目にしてこれを激しく睨《にら》みつけた。

竜蔵には連中の魂胆などわかっている。

強そうな相手を見つけては喧嘩を売り、これを叩きのめして自分達の力を知らしめ、それから方々に腕っ節を売り込んで金にしようというのである。

「峡の旦那……」

安は緊張した顔を竜蔵に向けたが、

「心配はいらぬよ……」

竜蔵はニヤリと笑ってこれを制した。

──さて、松田新兵衛はどうするか。

あの連中を叩き伏せることなどわけもないだろうが、竜蔵が知りたいのは、万事落ち着きを崩さぬ松田新兵衛がこれにどう対処するかということであった。

──奴もおれみてえに、ちょっと睨まれたら大きく睨み返して、こっちから喧嘩を仕掛けるような真似をするのかねえ。

心の内の声までが、喧嘩の予感に伝法なものになる竜蔵であった。

当の新兵衛は、まるで浪人達を相手にせず、先頭の浪人に一瞥《いちべつ》をくれると、やや斜め前に右足を地にするかのように進め、一瞬その場に立ち止った。

その間も相変わらず己が右手に老婆を歩かせ、左手には干菓子の包みを提げている。

浪人達はその場に立ち止った。だが、新兵衛を睨みつけている眼の光は明らかに弱まっているのが遠目にわかる。

——なるほど。

竜蔵は唸《うな》った。

すり足でやや斜め前に出たことで、新兵衛は少しばかり浪人達に道を譲ったという意思を示しつつ、己が武芸の力量を物腰で見せたのである。

浪人達はそれなりに武芸を修めているようだ。新兵衛の動きを見て、

——こ奴はできる。

と思ったに違いない。

しかし、僅かながらも自分達に道を譲ったとなれば強面《こわもて》を誇る面目は立つ。

立ち止って新兵衛と老婆をやり過ごした。

新兵衛もまた老婆を連れて、悠然とその場を立ち去った。

このすれ違いで、浪人達は毒気を抜かれたのか、さっさと神明の門前から通り過ぎていった。

ほっと息をつく安の横で、

――なるほど、戦わずして相手を威圧し、無駄に手を下さず、己が力を誇らずにその場を立ち去る、か。

竜蔵は大きく頷いた。

剣術の師範たる者は強くてあたり前なのである。無闇《むやみ》にこれを揮わず気力だけで追い払うのが信条でなければならぬ――。

またひとつ教えられたと思った時、参道に再び人混みが出来ていた。

六

翌日。

松田新兵衛はいつものように峡道場へやって来て、峡竜蔵の稽古相手をしっかりと務めた後、

「明日で七日目となり申す。峡道場へは七日詣《もうで》と決めていた。明日までといたしとうござる……」

折目正しく峡竜蔵に告げた。

竜蔵もまた威儀を改めて、

「左様か……。おぬしとてさぞ忙しいところをよくぞお付き合い下された。此度の御厚情、真に忝うござった」

と、これに応えた。

剣の立合においては日々工夫を凝らし、何とか叩いてやりたいと頑張ってきた。そしてあれこれ日頃の立居振舞は意図して真似てきたから、竜蔵のそれもなかなかに重厚な味わいを呈してきていた。

新兵衛が訪ねてきて四日目などは、本所出村《でむら》町で母・志津《しづ》と共に、祖父・中原大樹《なかはらたいじゅ》が開く学問所を手伝う綾が訪ねてきたのであるが、

「これは綾殿、忝い……」

いつもより物静かに迎え、

「大樹先生も、母上もご息災かな……」

などと、穏やかに言葉をかけ、随分と彼女を気味悪がらせたものだ。

新兵衛は稽古相手としてのみならず、自分の立居振舞をも学ぼうとする峡竜蔵の意図を解して、

——何とおもしろくて可愛げのある男であろう。

と感嘆したようであったが、そのことについては何も言わずに、

「忙しいと申して、都合のつかぬことのない身ではござらぬが、いつまでも稽古を共にしたとてきりがござらぬゆえに……」

と、苦笑いを浮かべた。

竜蔵はつくづくと新兵衛の言葉に頷いて、

「それはおぬしの申す通りだな……」

と頬笑んでみせた。

好敵手だと互いに認めたとて、そもそも流派も生き方も違う二人であった。

「何やら寂しゅうてならぬが、仕方のないことにござるな……」

竜蔵が言えば、

「互いに違う道筋を歩み、剣の修行に励んだ同士、たまに立合えば物珍しいゆえに楽しいが、それも日を重ねると疲れてくるものでござる……」

新兵衛はしみじみと応えて、

「明日はいよいよ、二人だけで仕合をいたそうではござらぬか」

そう切り出した。

「それはまたよいな……」

竜蔵はその申し出に喜んだ。

新兵衛との仕合が団野源之進との仕合の好い予行演習になることに違いなかったし、所詮《しょせん》は他流仕合であるから、二人だけでする方が何かと好都合であった。

「真にありがたいが、仕合をした後おぬしとは……」

「しばらく会うこともござるまい。また互いに日々の修練を積み、それがしっかりと貯《たま》ったところで、いつか立合いとうござる……」

名残を惜しむ竜蔵に、新兵衛は静かに応えた。

「いや、真に……」

竜蔵はまた、やられたと思った。まったく、歳上だけとは思えない。新兵衛の言うことはいちいち頷けるのである。

「ただ……、仕合を終えた後……」

「仕合を終えた後……？」

「某に一杯飲ませて下されい」

「この竜蔵に一杯付き合うてくれるとな」

「この新兵衛とて、酒を飲みはめを外すこととてある……」

「そうこなくてはいけない。これでおぬしの真似をしやすくなった。はッ、はッ、はッ……」

翌日。

峡道場では朝から、竹中庄太夫、神森新吾、網結の半次、津川壮介《つがわそうすけ》、北原平馬《きたはらへいま》、岡《おか》村市之進《むらいちのしん》、古旗亮蔵《ふるはたりょうぞう》、八木新之助《やぎしんのすけ》、渡辺雄吉《わたなべゆうきち》、松原雪太郎《まつばらゆきたろう》、国分《こくぶ》の猿三《えんぞう》、さらに内弟子の雷太に至るまで、峡竜蔵の門人全員が松田新兵衛に稽古をつけてもらった。

神森新吾の他は立合の格好もつかなかったが、皆一様に剣の奥深さを知り大満足の中稽古は終った。

竜蔵は雷太の他は皆去らせて、中食の後、新兵衛とただ二人で稽古場に出て向かい合った。

「ならば新兵衛殿……仕合の仕様は何といたそう」

「しからば、籠手着用の上素面と参ろうか」

「心得た。勝負は一本……」

「いかにも」

「日の暮れまでに終らせよう」

「それがよろしかろう」

二人は大きく頷き合うと互いに青眼に構えて対峙した。

しんと静まりかえった稽古場には、時折武者窓から吹きくるかすかな風の音しかしなかった。

峡竜蔵と松田新兵衛――昨日までの激しい立合が嘘《うそ》のように、今は微動だにせずただじっと向かい合うばかりであった。

二人は、共に呼吸さえ相手に読まれぬように自制している。

少しずつ竜蔵がすり足で前へ出た。

新兵衛はいつの間にか回り込んで、竜蔵の間合にならぬよう、そっと体を動かした。

二本の竹刀の剣先が一瞬触れ合ったが、やはりそこからの新たな二人の動きはなかった。

稽古による立合と違って一本勝負の緊張は尋常でない。僅かな心の緩み、手許の狂いが一瞬にして勝敗を決してしまうからだ。

日頃の稽古の成果を仕合で発揮する。しかし練達者同士が勝負をかけるとなると、不用意な仕掛けを慎まねばたちまち敗者となってしまう。これは真剣勝負の緊張と等しくなければならない。そして剣客はこの緊張を何度も味わうことで刀を抜いての戦いにおける感性を鍛えるのである。

今は峡竜蔵と松田新兵衛は二人だけで仕合に臨んでいる。

七日間の締め括《くく》りとして、積極的に打ち合う仕合をしてもよかった。だが、松田新兵衛は構えた時から、あくまでも勝負にこだわる仕合に持ち込んだ。

そして竜蔵はこれをありがたく受けて、気迫と気迫がぶつかり合う仕合となったのだ。

仕合が始まってからまるで小半刻にさえ達していないにも拘《かかわ》らず、峡道場には長い時が流れたような、いや時が止ったかのような不思議な気が張り詰めていた。

すでに両者は微動だにせず、互いに青眼に構えたまま息を整えているばかりとなった。

やがて――。

「峡殿、これまでといたそう……」

松田新兵衛が構えを解いて静かに言った。

峡竜蔵はこれに神妙な面持ちで相槌を打って、

「忝うござった……」

自らも構えを解いた。

竜蔵には新兵衛の意図がよく呑《の》み込めたのである。

「ここで答えを出すこともござるまい」

新兵衛が言った。

「出せば団野先生との仕合において迷いが生まれるやもしれぬ」

「いかにも……」

竜蔵はにっこりと笑った。

新兵衛は竜蔵の稽古相手として、やがて彼が団野源之進と仕合をした時に予想される立合の流れを体現して見せたのだ。

一切の隙がない練達の士との仕合では、互いにただ一撃をもって勝負をかけるしか道はない。

しかもそれは、面に飛び込もうとか、相手の出鼻を小手で押さえようとかいうものではなく、ここ一番の間合に入った時、体が勝手に反応することで出た技に頼るしかないのである。

今、その答えを出したとて何になろう。

かえって当日に迷いが生まれるかもしれない。

それゆえに松田新兵衛は、一本勝負という極度の緊張に身を置くことで、峡竜蔵の剣気たるものを目覚めさせようとしたのだ。

恐らく団野源之進と対戦する時も、今と変わらぬ間合の取り合いに火花を散らすことになろう。

そして、技を繰り出すべき相手は新兵衛ではなく源之進なのである。

「これで稽古相手は無事、務まりましたかな」

「この上もなく……」

「それは何より……」

「何と礼を申してよいやら……」

「いや、この松田新兵衛にとっても、何よりの七日間となり申した」

「ならば一献……」

「ありがたい。稽古の間はおぬしとの立合によって得たものを何もかもこの身に覚えさせようと精進いたしたが、それをどうもおぬしに買い被《かぶ》られたような気がしてならぬ」

「買い被り……？」

「剣術から離れればわかる……」

「それは楽しみだ……」

それから二人は芝神明へと出た。

松田新兵衛が、件の干菓子を寄宿先の〝婆殿《ばば》〟がいたく気に入ったゆえまた買って帰りたいと言うので、竜蔵は近頃贔屓《ひいき》にしている門前町の鰻屋《うなぎや》へ新兵衛を誘うことにした。

そろそろ日は落ちてきた。

神明宮はこの辺りで一杯やろうという町の者達で既に賑わっていた。

「これはまず某に買わせてもらおう……」

新兵衛が渋るのを抑えて竜蔵は菓子代を払い、自分は、明日あたり出村町から訪ねてくるはずの綾への土産にする分を手に提げて菓子店を出た時であった。

参道の人混みが潮が引くように四散し始めた。

見れば先だってもこの辺りを闊歩《かっぽ》していた破落戸の浪人六人連れが遠くからやって来るのが見えた。

新兵衛はニヤリと笑って、竜蔵と並んで道の中央に立ち止り、

「ここでおぬしがいかに某を買い被っていて、大きな勘違いをしているか話すとしよう」

と、語り始めた。

「おぬしは俄に直心影流を背負って立たねばならぬ使命を与えられたゆえに、今の自分がそれに相応しい男かどうか迷い始めたのであろう」

「うむ、おぬしの言う通りだ。おれも気がつけば三十半ばとなり大人にならぬまま剣術の師範となっていた。これは好むと好まざるに拘らずそうなったのであるからおれのせいではない。だが、仮にも直心影流の中で頼られる身になったのだ。それ相応の風格を身に備えねばなるまい」

竜蔵はこれに真顔で応えた。

「確かにそれは峡殿の申される通りだ。七年前会った時のおぬしからは考えられぬ分別であると思う」

「松田新兵衛殿ほどの者にそう言われるとありがたい」

「だがおぬしは大きな間違いをおかしている」

「大きな間違い？」

「この松田新兵衛を真似るのは愚の骨頂」

「それは謙遜《けんそん》というものだ。おぬしとおれとは同じ年恰好というのに、まるで堂々としていて体中から威風が漂っている。剣術の稽古に止《とど》まらず、おれはおぬしからそれを学ぼうと……」

「それが間違っている」

「そうかな……」

「いかにも。おぬしはおぬしで、剣の修行を欠かさず、人に慕われて自ずから一廉の剣術師範となったのでござるぞ」

「まあ、言いようによっては……」

「言いようではない。これは真実だ！」

「怒ることではないだろう」

「左様、この松田新兵衛は日頃実に怒りっぽい。年来の友はもう少し融通を利かさねば世渡りが苦しくなるといつも某を窘めるが、某は間違ったことはしておらぬ」

「なるほど稽古の外では付き合わなんだのは、下らぬことで怒りたくはなかったからか」

「左様……。それなのにおぬしは、某の真似をしようと、わざわざ後をつけてきたとはおめでたいことだ」

「何だ知っていたのか」

「他人のすることは好く見えるものだ」

「しかし、あの日おぬしはあの浪人者達に睨まれても、事を荒だてることなく、見事に奴らをやり過ごしたではないか」

竜蔵は何やらおかしくなって、すぐ近くにまで迫ってきた浪人達を見て言った。

「あれは婆殿が一緒で、怪我《けが》でもさせれば面倒だと思ったまでのこと」

「婆殿が一緒でなければどうした」

「睨まれたならば睨み返し、喧嘩を売られたら叩きのめすまでだ」

「そいつはいいねえ」

「某はこのような町の屑《くず》共は何よりも嫌いだ」

新兵衛は、すでにすぐ傍まで来て、道の中央をのかぬ新兵衛と竜蔵をじろじろと睨みつけている浪人達を見回して言った。

「おい、その方、今何と言った……」

浪人者の首領らしき一人がこれを聞き咎めて言った。見れば先日出会った浪人者が連れと二人で道を塞《ふさ》いでいる。いかに〝できる奴〟とて見過せなかった。

「だが剣術師範たる者が往来で喧嘩をしてはなるまい」

竜蔵はこれを無視して新兵衛に問うた。

「これは喧嘩ではない。町の掃除だ」

「ものも言いようだ」

「そのような窮屈なものならば、某は師範になどならず、生涯一剣客として生きよう」

「はッ、はッ、こいつはますますいい……」

「やかましい！」

浪人の首領が吠《ほ》えた。

「おのれ、おれ達に喧嘩を売っているのか！」

竜蔵はなおもこれを無視して、

「町の掃除、今度からおれもこの言葉を使わせてもらおう」

と、新兵衛に頰笑んだ。

「そうなされよ。某の見たところ、おぬしはおぬしのままで、この先も参られるがよかろう」

「それがよいかな」

「三十半ばとなって、今さら性根は変わりますまい」

「いかにも、今が悩める年頃なのかもしれぬ……」

二人は互いに大きく頷きあった。

その途端――。

「おのれ！　我らをなめくさるな！」

浪人の首領がさらに吠えて、二人を六人で取り囲んだ。

その直後、絶叫と鈍い物音が辺りに響き渡ったかと思うと、破落戸の浪人六人はいずれも地を這《は》っていた。

もちろん、峡竜蔵と松田新兵衛が町の掃除を施したのである。

この二人がたまさか一緒のところに出会ったのは、浪人達には不幸であった。掃除はあっという間に終った。ある者は宙を舞い、ある者は蹴《け》り飛ばされ、またある者は拳《こぶし》を顔面に喰《く》らって気を失った。

「新兵衛さん、いつもこんな調子かい」

竜蔵の言葉に日頃の張りが戻った。

「うむ、自分から喧嘩を売ったことはないが……」

新兵衛は相変わらず堅物の喋《しゃべ》り様。

それから二人は鰻の蒲焼《かばやき》に、蒲鉾《かまぼこ》、玉子焼きで一杯やりながら心ゆくまで剣術談議に華を咲かせたが、

「竜蔵殿、何度も申すが、おぬしは自分が剣術師範としては甚《はなは》だ頼りないと思い込んでいるようだが、決してそうではない」

新兵衛は力強く言った。

「おぬしは某よりよほど人との付き合いも上手である上に、何と申しても人が慕って

やって来る。御門弟は皆竜蔵殿に惚《ほ》れ込んで弟子となられた様子。剣術師範は何よりもそれが大事ではござらぬかな」

「いや、人に恵まれているのは真にありがたいが、直心影流を見回すとあまりに担うものが大きくて、つい後退《あとじさ》りをしてしまう……」

「何を後退りすることがござろう。竜蔵殿に仕合を望んだのは大先生方の方ではないか」

「まあそれはそうだが……」

「おれに不足があるならいつでも一人の剣客に戻ってやる……。これでようござるよ」

「なるほど、弟子達には辛い思いをさせることになろうが……」

「頼んで弟子になってもらったわけではござるまい。何の気遣いがいるものか！」

「うむ！　そうだな……！」

つられて力強く応えを返した竜蔵を見て、新兵衛はむきになったことを恥じて苦笑いを浮かべた。

「はッ、はッ、これはご勘弁下され。間違ってはおらぬと思うことがあると、つい口うるさくなってしまう。某の悪い癖でな」

「いや、おれにはそこが新兵衛殿の好いところに思えるが……」

「それも時と場合でござるよ。この気性が災いして世間を狭くしていると昔馴染の相弟子にからかわれてばかり……。ゆめゆめ某の真似などなさらぬがよい」

「昔馴染の相弟子……」

「某の数少ない友の一人でござってな」

「おぬしをからかうとは大したものだ」

「七年前に会うているはずでござるよ。秋月栄三郎《あきづきえいざぶろう》というふざけた男を覚えておられぬか」

「秋月栄三郎……。おお、いたいた……。何とも瓢《ひょう》げたおもしろい男であった」

「今は手習い師匠の傍ら町の物好きに剣術を教え、頼まれ事を器用にこなし、気儘《きまま》に暮らしておりまする」

「ほう、それは楽しそうな。一度会うてみたいものだな」

「いや、会われぬ方がよい。奴と話していると、剣に命をかけることが何やら馬鹿らしゅうなることがござるゆえに……」

「左様か……。ふッ、ふッ、わかるような気がする……」

「あ奴を見ていると剣との付き合い方は人それぞれであり、またそれでよいのだ……。

そう思ってしまうのが何やら癪でござる……」

新兵衛は真っ直ぐな目を向けた。

「剣との付き合い方は人それぞれか……」

竜蔵はこの言葉をしみじみ受け止めて、

「いや、真に好い稽古相手に恵まれた。峡竜蔵、この七日の間の松田新兵衛殿との立合、生涯の思い出となり申した……」

深々と頭を下げたのである。

団野源之進との仕合は膠着《こうちゃく》必至の厳しいものになろう。だが松田新兵衛との稽古によって、いかに戦うべきかの答えが出たような――。

そして明日からの剣客としての生き方も。

その日を境に、竜蔵はもうあの竹藪の夢を見なくなった。

第二話　上州二人旅

一

「それにしても先生、いくら直心影流《じきしんかげ》にとって大事な仕合だからといって、随分とも ったいをつけるのですねえ」

竹中庄太夫は、峡竜蔵の一歩後ろを歩きながら溜息《ためいき》交りに言った。

「まあ、おれみてえな鼻たれが、今をときめく団野源之進と仕合をするんだ。色々と段取りを踏まねえといけねえんだろうよ」

竜蔵は屈託のない笑みを浮かべてこれに応《こた》えた。

二人は共に旅姿。その眼前には抜けるような蒼空《そうくう》が広がっている。

江戸を出て中山道《なかせんどう》を北へ、その行先は上州である。

沼田《ぬまた》の領主・土岐《とき》美濃守《みののかみ》の御前で演武を披露するのがこの旅の目的であった。

土岐家は直心影流と縁が深い。

九代的伝《てきでん》・長沼活然斎は土岐家の剣術師範であったし、十代的伝で峡竜蔵にとっても、当代の的伝者である赤石郡司兵衛にとっても剣の師である藤川弥司郎右衛門は元より土岐家の臣であった。

それゆえ、次期道統継承者を選定する上での大事な仕合を行うほどの剣士である。一度土岐侯へ峡竜蔵を、目通りさせておいた方がよいのではないかと郡司兵衛が気を利かせ、藤川家を通して伺いを立てたのである。

土岐侯は、弥司郎右衛門の門人にそのような剣士がいたとは喜ばしい、旅費は用意するゆえ一度城にてその者の演武を見たいものだと藤川家の方へ伝えたという。

こうなると峡竜蔵には是非もない。早速、竹中庄太夫を供にして、江戸を出て沼田へ向かったというわけだ。

「まあ、その、お蔭《かげ》でわたしはこうして先生と旅に出られるというものですが……」

庄太夫はにこやかに言った。

「まず庄さん、道中楽しくやろうじゃあねえか」

竜蔵は少し振り返ると、庄太夫に片手拝みをしてみせた。

「ふッ、ふッ、もうとっくに楽しんでおります……」

これに庄太夫は合掌してみせた。

「雷太もたまには羽根を伸ばさせてやらねばな……」

三田二丁目の道場は内弟子の雷太が留守を預かっている。

身寄りもなく旅籠《はたご》の因業《いんごう》夫婦に牛馬のごとくこき使われていた雷太を救い出し、内弟子として住まわせてから三年目となった。

当時はまだほんの子供であった雷太も十三になり、随分としっかりしてきたが、それでもまだ遊びたい盛りである。竜蔵は月に一度は道場を離れて外泊する機会を作り、ほっと気が抜ける一時を与えてやっている。

とはいえ今度ばかりはともすれば一月空けることになるので、独り身の国分の猿三が何日か泊まりにきている。

年も若く町の下っ引きである猿三が一緒なら、雷太も少しは楽しかろう。後顧の憂えなく、竜蔵は庄太夫と旅の空の下にいるのである。

沼田は上州の北端に位置する。

せっかくの旅である。途中、高崎《たかさき》に立ち寄り、上州一繁盛しているという田町《たまち》の市でも覗《のぞ》いてから行こうということになり、まずここを目指して道を急いだ。

小柄で痩身《そうしん》の竹中庄太夫であるが、健脚では竜蔵に後れをとらない。

快調に旅を続けて、早くも三日目には倉賀野《くらがの》の宿へ入った。ここまでくれば高崎は目と鼻の先だとさらに先へ行ったのだが、これが欲張り過ぎた。先日降ったという雨が足元を悪くしていて、高崎城下を前にしてすっかりと日が暮れてしまったのである。

「これはわたしとしたことが、目測を誤るとは不覚にござりました……」

庄太夫は旅用の提灯《ちょうちん》に火を入れながら恨めしそうに空を睨《にら》んだ。

「気にすることはねえやな。行き暮れて見知らぬ地でぼんやりと立ち止る……。これが旅のおもしろみってやつさ」

竜蔵はくだけた物言いで庄太夫を労《ねぎら》った。何事にも情趣を楽しむ庄太夫と一緒なら、これから夜道を歩いて高崎に行かずとも、この辺りで野宿をしたとてそれも一興であると竜蔵は言うのである。

「なるほど、それもそうでございますな……」

庄太夫はたちまち顔を綻《ほころ》ばせた。こういうこともあろうかと、鰯《いわし》の目刺しに握り飯、山椒味噌《さんしょうみそ》に小半酒《こなからざけ》を用意してあった。

「野趣に富んだ所にて、豪傑と一夜を共に語り合う……。わたしにとってはこれほどのことはありませぬが」

「まあ、古《いにしえ》の豪傑ってほどでもなくて申し訳ねえが……。どこか宿りはねえもんかねえ……」

野宿するのも近くを流れる烏川《からすがわ》から吹きくる風が冷たく気が引けた。

「ちとこの辺りを見回ってみましょう……」

竜蔵と庄太夫はしばし周囲を見回しながら辺りを行くと、幸いにも路傍に百姓の出作り小屋を認めた。

「おう、こいつはいいねえ……」

竜蔵がさっそく中を改めてみると、野良仕事の合間の休息に使われているのであろう、四畳あるかなきかの板間は荒れていたが、所々に莚《むしろ》なども敷いてあったし、小さいながら炉も掘ってあった。

「まったくもってようござりますな……」

庄太夫の表情も生き生きとしてきた。

二人はここで一夜を明かそうと、薪を集めてきて火をおこし、目刺しを炙《あぶ》ってちびりちびり酒を飲んで体を温めた。

粗末な揚げ戸を開ければ夜空には満天の星が輝いている。

「庄さん、野趣だな……」

「はい、野趣でございますな」

笑い合った途端、

「真《まこと》に、幸せでございます……」

　庄太夫が声を詰らせた。

「何だい、どうしたんだよ……」

「いえ、あの日、先生に押しかけ入門をして、本当によかったと、今つくづく思いまして……」

「ふッ、ふッ、心底喜んでくれているのかい」

「はい……」

「おれもつくづくと思っているよ」

「どうしてこんな年寄りの弟子がいるんだろうと……？」

「ああ、それもあるが、福の神が舞い込んできてくれたと……な」

「これはまた貧相な福の神でござりますな」

「いやいや、福の神てえのは己が身を削って人をふくよかにするものなんだろうよ」

「先生……。誉《ほ》め方もお上手になられたものですねえ……」

「誉めているんじゃねえよ。ありがたいという想《おも》いを伝えているのさ。庄さんがおれを男と見込んでくれたから、こうやって沼田のお殿様がわざわざ呼んで下さるまでになれたんだ」

「わたしがいなくても、先生は立派な剣術師範におなりになっていたはずですよ」

「そんな情けねえことを言ってくれるなよ。これからが峡道場の正念場だ。庄さん、稽古場《けいこば》のことは頼んだよ」

「畏《かしこ》まりました……」

庄太夫の目に光るものを見たので、竜蔵は口を噤《つぐ》むと握り飯を木の枝に刺して、これに山椒味噌を塗り火で炙った。

香ばしい匂《にお》いが小屋中に広がり、風変りな師弟は互いに思わず腹を鳴らして、またしみじみと笑い合った。

「庄さん、野趣だな……」

「はい、野趣でございますな……」

やがて腹も膨れた頃に薪も尽きた。小屋の中はすっかり暖まっていたが、

「念のためにもう少し集めて参りましょう」

こういうことには忠実《まめ》である庄太夫が、いそいそと立ち上がった時であった。

「庄さん……。何やら妙だぜ……」

竜蔵が今までとは一転して鋭い声でそれを制した。

「妙……、と申されますと……」

「外に誰かいるぜ、しかも一人や二人ではねえような……」

「何と……」

二人は気配を殺して壁の節穴から外の様子をそっと窺《うかが》った。

長年の修行で研ぎすまされた竜蔵の勘に狂いはなかった。

小屋の外に黒い影が蠢《うごめ》いていた。

じっと目を凝らすと、影は刀を帯びている。しかし、物腰や刀の短さから思うに、武士ではないようである。

中でも背の高い男が小屋の前に立つと、他の四人がその周りに集った。

「庄さん、何故《なぜ》だかしらねえが、連中はここを襲おうとしてやがるぜ……」

竜蔵は庄太夫に呟《つぶや》いた。

「はい……。物盗《ものと》りでもないような……。いずれにせよ先生を襲おうとは哀れな奴らにございますな……」

庄太夫は小声で応えつつ、小屋の中にあった手頃な長さの竹棒を竜蔵に手渡した。

「まあ、とにかく身にふりかかる火の粉は払っておくか……」

その時、長身の男が、

「野郎、出て来やがれ！」

と叫んで戸を蹴破《けやぶ》ろうとした。

しかし、その寸前に板戸は竜蔵によって横に引かれたので、男はたたらを踏んでその場に転がった。

「や、やりやがったな！」

驚きと羞恥《しゅうち》で長身は思わず叫んだ。

「お前が勝手にこけたんだろうよ……」

暗闇《くらやみ》で叫ぶなど自分の居所を教えているようなものである。ただの破落戸《ごろつき》の類《たぐい》だと見定めて、竜蔵は難なく長身男の傍へ寄り、こ奴を蹴りあげた。

「や、野郎！」

残る四人はこれもまた口々に声をあげ、それへひょいと近寄った竜蔵の竹棒に足を払われ、胴を突かれ、たちまちその場に屈《かが》み込んだ。

頃やよしと、庄太夫が提灯をかざしたところ、五人の男達はいずれも腰に長脇差《ながわきざし》を帯びて、着物は下馬《したうま》――関八州《かんはっしゅう》によく見られる博奕打《ばくちう》ちの乾分《こぶん》のようである。

「おう、手前らはどうしておれを襲いやがった！　誰かに頼まれたのか、それともこのおれに追剝《おいはぎ》を仕掛けやがったのか、正直に答えやがれ！」

竜蔵は相手がやくざ者と見て、こちらも身に備わった喧嘩《けんか》口上で怒鳴りつけた。

滅多と喧嘩はしなくなったが、日に日に剣に凄《すご》みが増す峡竜蔵の一声である。

五人の男達は震えあがった。

長身の男は庄太夫の照らす提灯の明かりを頼りに辺りを見回して、

「こ、こいつはいけねえ……！」

と絶叫した。

「何がいけねえんだ馬鹿野郎、うだうだ吐《ぬ》かしやがると浅間《あさま》山の火の中に投げ込んでやるからそう思え！」

再び竜蔵はこれを叱《しか》りつけた。

「そ、それが人違いで……」

長身の男はとても敵《かな》わぬ強い相手と見て、殊勝な様子で畏まった。

「人違えだと……」

竜蔵が怪訝《けげん》な表情を浮かべた時、

「これは先生でございましたか。申し訳ござんせん、許してやっておくんなさいまし
……」

襲ってきた五人とは別のやくざ者数人が現れて頭を下げた。

「何でえ、お前達かい……」

竜蔵はその連中に見覚えがあった。

ここへ来るまでの道中、何度か休息中に顔を合わせた渡世人の一群であった。

親分に供の乾分が三人――乾分の内の兄貴格がなかなか愛敬《あいきょう》のある男で、立場《たてば》の茶屋では竜蔵を腕の立つ旦那《だんな》と見てとり、

「無躾《ぶしつけ》をお許し下せえ。先生はお見かけしたところ随分とお強そうだが、やっとうの勝負で勝つにはどんな技が一番決まりやすいんでしょうねえ……」

などと訊《たず》ねて来たものだ。

「あっしは、高崎に一家を構えております念蔵《ねんぞう》という者でござんす。今は江戸に用があっての帰りでござんすが、渡世を生きておりやすと色々面倒なことがございまして……」

話によると襲った五人はこの念蔵の乾分で、今日念蔵が高崎へ戻ると聞きつけ、これを待ち伏せて襲おうと企《たくら》む者がいるとの情報を摑《つか》み、おっとり刀で駆けつけたそうな。

「なるほど、高崎で留守を預かる乾分としちゃあ聞き逃せねえ噂《うわさ》だ。それでお前が若いのを引き連れてここまで来たってわけかい」

竜蔵は無様に転がったところを蹴りあげてやった長身の男を見ながら言った。この

男は霧太郎《きりたろう》というらしい。

「へい、それでてっきりこの小屋に隠れていると思いこんじめえやして……」

「なるほど、そういうことか。だが言っておくが、おれはそんなことにまったく関《かか》わり合いはねえ。日が暮れちまったので、連れと二人で今宵《こよい》はここで一夜を明かそうとしていただけだ」

「そ、そいつはもう……。どうか勘弁してやっておくんなさい……」

霧太郎は地に額をこすりつけた。

「先生、許してやっておくんなさい……」

件《くだん》の愛敬のある兄貴格も頭を下げた。この男は孝助《こうすけ》といって、念蔵の江戸行きに供をするほどであるから、それなりに皆に一目置かれる存在なのであろう。

竜蔵はどれを見回しても悪人面で気に入らないやくざ者達であったが、

「まあ、間違いとわかりゃあそれでいい。さっさと一緒に行くがいいや……」

と平身低頭の破落戸どもを許してやった。

「ありがとうございます……」

念蔵は如才なく小腰を屈めた。

「それではお先に参りますが、先生方はどうなさるおつもりでございます」

「今宵はここで夜を明かして、明日は高崎へ入るつもりよ」

「左様でございますか、そんなら一緒にいかがでございますか。ここから高崎まではもう目と鼻の先、何もこんなあばら家で一夜を明かさずとも、今宵はあっしの息のかかった旅籠にお泊まり下さればようございましょう」

「お前らみてえなやくざ者と一緒に、夜道をぞろぞろ歩くなんてごめんだよ」

念蔵の誘いに竜蔵はにべも無い。

「さようでございますか……。そんなら後でお気が変わりましたら田町にある〝からす屋〟という旅籠を訪ねてやっておくんなさいまし。今宵のお詫《わ》びに、もちろんお代は結構でございますから……」

「そうかい、気が向いたらそうさせてもらおう」

「そうしてやっておくんなさいやし。きっちりと申し付けておきやすから、念のため先生のお名をお訊かせ下さいやし……」

「おれの名か……。おれは……」

「間島竜三郎《まじまりゅうざぶろう》先生だ」

応えようとする竜蔵の横で庄太夫が言った。

その目は竜蔵に、大事の演武の前に下らぬ連中に名乗ってはいけませせぬ——と語りかけていた。

「うむ……」

竜蔵は確かにそうだと納得して、鹿爪《しかつめ》らしく頷《うなず》いてみせた。

「そしてこのおれは、先生にお仕えする松中庄兵衛《まつなかしょうべえ》という者だ。その方ら、ひとつ間違っていればその首、胴についておらなんだぞ。以後気をつけい……」

庄太夫はこれに続けた。冷徹な口調は痩身の彼をかえって不気味に見せて、再び霧太郎達を慄《おのの》かせた。

「そんなら先生方、ごめんなすって……」

あっという間に五人を叩《たた》き伏せた浪人である。こんな人気の無い所で怒らせたら面倒なことになりかねない——。

そのように思ったのであろうか、念蔵は乾分達を怒鳴りつけながらその場から逃げるように去っていった。

「松中庄兵衛……」

「何でございましょう、間島竜三郎先生……」

連中が去って行くのを眺めながら、竜蔵と庄太夫はニヤリと笑い合った。

「何だか、野趣に水をさされちまったな」

「まったくもって……」

「奴らの話だと、江戸から戻ってくる親分を、この辺りで待ち伏せて襲おうとしている奴らがいるそうだが……」

「はい。そうなるとその連中がまた、この辺りに現れるやもしれませんな」

「となると、やっぱりこんな所に長居は無用だな……。これから〝からす屋〟っていう旅籠に行ってみるかい」

「そうですね……。こんな時分から高崎の宿《しゅく》に入ったところで、なかなか宿が見つかりそうもありませんし」

「しかも代は要らねえそうだ」

「やくざ者の息のかかった旅籠というのが気に入りませんが……」

「まあ、おれは間島竜三郎で庄さんは松中庄兵衛だから好《よ》いだろう」

「一夜くらいならそういたしましょうか」

　野趣に充《み》ちた一夜から一転、竜蔵と庄太夫は結局出作り小屋を出て、夜道を歩いて高崎を目指したのである。

二

やくざ者と一緒に夜道を歩くのは嫌だと言った手前、峡竜蔵と竹中庄太夫は念蔵達の後をすぐについて行くのは気が引けた。

「考えてみると、だんだん腹が立ってきたぜ……」

竜蔵は仏頂面を浮かべながら、少し遠回りをして行こうかと、庄太夫と二人で烏川の岸辺を歩いた。

「いってえあの念蔵の野郎、どんな親分で誰に命を狙《ねら》われていたんだろうな……」

そんな興味も湧《わ》いてくる。

「先生、くれぐれも関わり合いにはなりませぬように……」

庄太夫はそういう竜蔵の好奇心と俠気《きょうき》が心配になる。

「わかっているさ。だが峡竜蔵ではなくて、間島竜三郎なら……」

「それそれ、それがなりませぬ……」

「そう言いながら庄さん、お前も心の底では気になっているんだろ」

「まあそれは……。いやいや、大事な演武を控えておりますから」

師弟はこんなやり取りを楽しみながら、今さっきの騒ぎで生じた体の火照《ほて》りを川風で静めてゆったりと歩みを進めた。

すると——。

「庄さん……。またおかしな気配がするぜ……」

竜蔵が立ち止って耳を澄ませた。

「おかしな気配と申しますと……」

庄太夫もこれに倣《なら》った。

確かに人の声がする。

初めはかすかに聞こえる話し声であったが、声の方へとそっと歩み寄ってみると、はっきりと聞こえてきた。

「まったくお前って奴はどうしていつもそうなんだい……」

「しかたがねえだろ。誰だってここ一番命がかかっているとなりゃあ、腹工合のひとつもおかしくなるだろう」

「誰だっておかしくなるだと？　ふざけたことを言うんじゃあねえや。それはお前が臆病者《おくびょうもの》だからだよ……」

どうやら男達は二人で、草叢《くさむら》の中にあって言い争いをしているようだ。

竜蔵は庄太夫と目配せをして、提灯の明かりを消すと草叢の外から聞き耳を立てた。

もしかして、こ奴らが念蔵を狙った奴ではないかと思ったからだ。

「臆病者だとぬかしやがったな！」

「言ったがどうした……」

「お前こそ、おれの腹痛《はらいた》を幸いに小屋へ行くのはよそうと言ったじゃあねえか」

「それは杉六《すぎろく》、お前の体を案じて……」

「ふん、調子の好《い》いことを言うんじゃあねえや。お前は助かったって顔をしていたよ」

「うるせえ、おれは一人でもやったさ」

「お前一人で？　天吉《てんきち》、強がりもたいがいにしやがれ！」

「何だと糞《くそ》ったれが……」

「うるせえ、まだたれてねえや！」

「よし、そんなならこれから二人して出作り小屋へ行くぜ……」

言い争っているのは杉六と天吉という渡世人の二人連れで、こ奴らこそが件の出作り小屋で念蔵を待ち伏せしようとしていた悪漢のようである。

だが、高崎の顔役を襲うほどの悪漢にしては、どうもこの二人は間が抜けている。

――何だこいつらは。

竜蔵と庄太夫は思わず顔を見合せたが、竜蔵は声をかけずにいられなくなり、

「おう、お前ら街道脇の出作り小屋へ行くつもりかい」

草叢の中へと入って言った。

「な、な、何だお前……」

「ど、どうしてそれを……」

杉六と天吉は突然現れた男の存在に、腰を抜かさんばかりに驚いて腰の長脇差に手をかけた。

「馬鹿野郎！　そんなでけえ声で話していたら聞きたくなくったって耳に入ってくらあ」

言葉は乱暴ではあるが、情の籠《こ》もった竜蔵の声音に二人は警戒を解いて、まじまじと竜蔵と庄太夫を見た。

「行ったって仕方がねえよ。待ち伏せようにも念蔵って親分は、今さっき乾分らに守られて高崎へ向かっちまったぜ」

「な、何だって……」

杉六は腹の痛さも忘れて、ぽかんとした表情を浮かべた。

「うそじゃあねえよ。おれ達は最前、お前らに間違われて小屋にいるところを襲われ

たんだからよ」

「へ……、そうだったんですかい……」

天吉がっくりと肩を落とした。

それへ庄太夫がすかさず順を追って、今しがた起きた一件について語り聞かせたから、二人はますます小さくなった。

竜蔵は呆《あき》れ顔で、二人を見て、

「どうせ今みてえに大きな声で、念蔵を小屋に潜んで待ち伏せてやる……。なんて話していたんじゃねえのかい。そいつを誰かに聞かれちまったんだな。天吉と言ったな」

「どうしておれの名を……」

「だからでけえ声だから聞こえたんだよ!」

「へい……」

「お前は杉六が腹痛《はらいた》をおこしたから行けなくなったと怒っていたが、お蔭で命拾いをしたってもんだぜ」

「そいつは確かに……。ご迷惑をおかけいたしました……」

二人はぺこりと頭を下げると、へなへなとその場に座り込んでしまった。

その様子を見るに、天吉、杉六という二人は根っからの悪党とは思えなかった。何か余ほどの恨みがあって念蔵を襲ったのであろう。それが竜蔵の好奇をさらにかきたてた。先ほど小屋の前で会うまでに、江戸からの道中何度かその姿を見かけた念蔵と乾分達であったが、如才のない物腰の裏にはとんでもない悪人面が潜んでいるのかもしれない。

それならばこの天吉と杉六の話を聞いてやった上で、もしもこっちの言い分が正しければ助っ人《すけと》してやってもよい――。

竜蔵の心の内にそんな想いがもたげてきたのである。

しかし、庄太夫は竜蔵の想いが見えるだけに、こんなことにかかずらっているわけにはいかないとばかりに、

「天吉、杉六とやら、そういうわけであるから、お前達はこの後も気をつけたがよいぞ。どんな恨みがあるのかはしれぬが、悪い奴でも人を傷つければ罪咎《つみとが》になる。ここでお前らに会《お》うたことはきっと黙っていてやるから、もうそんなことは忘れて明日からは真っ当に暮らすのだぞ。よいな……」

そう言い置くと、竜蔵の背後に回り、その引き締まった背中を押して高崎に向かって歩き出した。

「庄さん……、やっぱり駄目かい」

竜蔵は苦笑いを浮かべた。

「いけません……。どうせやくざ者同士の斬《き》ったはったのことです。勝手にさせておけばよいのです」

「まあな……」

「先生が裁かずとも、高崎には高崎の役人がおりましょう」

「そうだな。任せておけば好い話だな……」

「はい」

「だが庄さん、おれはどうもあの二人が気になって仕方がねえんだよ。今日だって下手すりゃあ殺されていたわけだからな」

「それはわたしもそう思いますが……。いやいやなりませぬぞ。こうして意見をしてやっただけで十分です。こっちとて、せっかくの野趣を邪魔されたわけですから。はい、放《ほう》っておきましょう……」

「まあ、庄さんがそう言うなら仕方がねえな」

竜蔵は大きく頷いてみせたが、それからの道中、言葉少なに夜空を見上げる風情を見るに、庄太夫は胸騒ぎがした。

こんな姿を見せる時の峡竜蔵は必ず何かが気になっていて、さてどうしてくれようか——などと考えているのである。

——どうも口三味線《くちじゃみせん》を弾いているような。

しかし、そんな胸騒ぎが、一方では心の内に何かを期待させるから峡竜蔵という男と付き合うのは大変なのだ。

三

慌ただしい夜は過ぎていった。

〝野趣〟を諦《あきら》め高崎城下に着いた頃は、もうどこの旅籠もひっそりとしていたが、田町の〝からす屋〟だけは軒行灯《のきあんどん》も明々と照らされ、出入口の揚げ戸も下ろされていなかったのですぐにそれと知れた。

一足先に入った念蔵が気を利かせてくれたのであろう。あの長身の霧太郎が若い者を二人従えて、竜蔵と庄太夫——いや、間島竜三郎と松中庄兵衛がもしや来るかと待ち構えていてくれたのである。

「おう、やはり面倒を見てもらうことにしたぜ……」

竜蔵が声をかけると霧太郎はとび出してきて、

「よ、よく来て下さいやした……。お待ち申しておりましたでございます……」

とばかりに竜蔵と庄太夫を請じ入れたものだ。

霧太郎は宿の者に濯《すす》ぎを用意させると、酒肴《しゅこう》を調え、飯盛女《めしもりおんな》を連れてくるよう言いつけたが、

「今時分から散財するのも面倒だよ……」

竜蔵はそれを断って、

「だがせっかくだ。寝酒をもらおうか……」

酒の用意だけを頼んで客間へ上がると、霧太郎を付き合わせた。

やれやれといった表情で庄太夫が相伴した。竜蔵が霧太郎に酒の相手をさせて、杉六と天吉のことを聞き出そうとしているのは明らかであるからだ。

――とはいえ、仕方がないか。

人違いで襲われただけならいざ知らず、間違われた相手とまで出会ってしまったのである。杉六、天吉と念蔵一家との間に何があるのか知りたくなるのは人情であろう。

――こうなったら、とことん先生の物好きにお付き合いするか。

沼田へ供をすると決まった時。庄太夫は大喜びしながらも、峡竜蔵の軍師、家老として、下らぬ騒動に巻き込まれぬよう目を光らせることこそが自分の役目であると意

気込んだ。

それゆえに、咄嗟《とっさ》の機転でやくざ者達に本名を名乗らずに済ませたのはしてやったりであったが、杉六と天吉との出会いまではどうして予測出来たであろうか。

元より庄太夫も、竜蔵の弟子になってからというもの、あれこれ騒動に身を投じ、その智略《ちりゃく》をもって師を助けてきたのであるから、そのあたりの事情を知りたくて内心ではうずうずしていたのだ。

寝酒に付き合えと言われて霧太郎は少し不安な表情を浮かべたが、自分達五人をあっという間に叩き伏せた天狗《てんぐ》のごとき浪人の所望となれば是非もなかった。

念蔵が霧太郎に間島竜三郎の接待を命じたのは、この凄腕《すごうで》の浪人を敵に回したくはなかったからなのだ。

宿の者が酒肴を運んでくると、霧太郎はまず竜蔵と庄太夫に酒を勧めてから、

「頂戴《ちょうだい》いたしやす……」

と、恭《うやうや》しく杯を掲げた。

「最前は聞きそびれたが、お前らはあの小屋に誰が待ち伏せていると思ったんだい」

竜蔵は庄太夫に悪童のごとき笑みを放って、霧太郎に問うた。

庄太夫は溜息をついたが、もはやそれを止めなかった。

「へい……、それがこの高崎にとんでもねえ馬鹿が二人おりやして……」

霧太郎が酒に緊張もほぐれて語り出したところによると、この辺り一帯は〝からす川の念蔵一家〟が取り仕切っていて、泣く子も黙る存在であるらしいのだが、

「この馬鹿二人だけが、何かってえと嚙《か》みついてきやがるんでございます」

「泣く子も黙るほどの親分が、今までその二人を見過ごしていたのかい」

「親分は情け深いお人でございますから……」

念蔵は先代から縄張りを譲り受けて高崎の貸元となったのであるが、念蔵が跡目を継ぐのを快く思わない者が何人かいて、一家をとび出した。そしてその内の二人が未《いま》だにこの町でよたっているのだと霧太郎は言う。

「なるほど、そんな野郎は捻《ひね》り潰《つぶ》してやればいいものだが、元はといえば同じ身内の二人だ。そこは大目に見てやっているってことか」

「へい、仰《おつしや》る通りで。それなのに奴ら調子に乗りやがって、方々で親分の悪口をぬかしやがるんでございますよ」

それがこの日。江戸から戻ってくることになっている念蔵の噂を仕入れた二人が、街道沿いの出作り小屋で待ち伏せて、命を取ってやると息まいているとの報《しら》せが霧太郎に入ったのだという。

「まったくなめた野郎達で、そんな話を町中で、でけえ声で話していたって聞いたもんですから、親分の留守を預かるあっしとしちゃあもういても立ってもいられなくなりましてね」

この二人を痛めつけてやろうとして姿を求めたところ、二人は町を出たとのことで、これは本当に待ち伏せしに向かったのではないかと思ったのだという。竜蔵は顔をしかめて、

「この際、小屋に押しかけて二人の息の根を止めてやろうと思ったら、その二人の替りにおれ達がいたってわけかい」

「面目ねえことでございます……」

「その二人は酒にでも酔って、でけえ口を叩いていただけなんだろうよ」

「そのようで……」

「で、その二人は何て野郎だ」

「天吉と杉六っていう三下《さんした》でございます」

「そうかい……」

竜蔵はその二人と会ったことはもちろん伏せて、また庄太夫に悪童のごとき笑みを放つと、

「その天吉と杉六をどうするつもりだ」

「へい、所詮《しょせん》は口だけの野郎でございます。親分は放っておけと言っていなさるが、折を見て二度と大口を叩けねえようにしてやるつもりでさあ」

「そいつは勇ましいじゃあねえか。まあ一杯やりな」

「ありがとうごぜえやす……」

「今、からす川の念蔵一家の乾分衆は、親分に付いて江戸から戻ってきた……」

「孝助でございますか」

「ああ、その孝助とお前が車の両輪ってところかい」

「孝助なんて野郎は大したことはありやせんよ。奴は先代の親分にも、念蔵親分にも取り入るのがうめえだけでしてね」

「ほう、そんなものか」

「そんなもんですよ……。天吉と杉六はあっしがきっと痛めつけてやりますよ……」

竜蔵の酒を断るわけにもいかず、勧められるがままに飲んだ霧太郎は好い心地になってきたのか、先ほどは赤児の手を捻るように竜蔵に蹴りとばされたことも忘れて太平楽を並べたあげくに、

「間島先生！　先生みてえにくだけたお武家様に会ったのは初めてでございますよ。

親分から先生にはゆっくりしていただくようにと言い付けられておりやすから、どうかしばらくの間、この町にいて楽しんでやっておくんなさいまし……」

などと言い並べて、竜蔵が寝ると言うまで進んで酒に付き合い、そして帰っていった。

「庄さん、どう見る……」

二人になると、竜蔵は寝床に横たわりながら庄太夫に問うた。

「はて、霧太郎が言うほど天吉と杉六は悪い男には見えませなんだが……」

庄太夫も身を横たえながら言った。見知らぬ土地で大好きな竜蔵と過ごす興奮が、師に分別を促す立場であることを早くも忘れさせていた。

「うむ、おれもそう見た。だがこのままではあの二人、早晩やられてしまうな」

「そのようで……」

「ちょっと様子を見るか。ちょっとだけな」

「はい……。ちょっとだけにいたしましょう……」

そう言っていた庄太夫であったが、その翌朝の動きは素早かった。

朝早くから旅籠の女中や男衆に気易《きやす》く声をかけ、江戸から来た先生は滅法強くて、人柄はくだけた好い男であるが、それにお仕えする松中庄兵衛は弁が立ち学才豊かである。そんな印象をすぐに旅籠の内に作りあげた。

とりたてて学才をひけらかしたわけではないのだが、

「おお、そう言えば宿帳をまだつけておらなんだな……」

などと帳場へ出て、これをさらさらと達筆でわかり易い字で記したのが効を奏した。

書家を目指したことのある庄太夫である。田舎の旅籠に働く者の目を見開かせることくらいわけもなかった。

庄太夫が世の中を生きて悟ったのは、どんなに風采《ふうさい》の上がらない男でも、すらすらと美しい字を書けば相手の見方が変わってくるという事実であった。

「そもそもこの字にはこういう理屈があってな……」

などと解説をつければ、蚊蜻蛉《かとんぼ》おやじもたちまち菅原道真《すがわらのみちざね》と化すのである。

そんな旅籠の者とのやりとりで庄太夫が聞き出した情報によると――。

この〝からす屋〟の女将《おかみ》というのは、からす川の念蔵の情婦であるそうな。元は江戸・深川の芸者であったらしいが、勝気で客商売に向かず、ほとんど客の前に出てくることがない。

それゆえに番頭と女中頭が店を取り仕切っているようなもので、念蔵の威光もあり、旅籠に勤める者はなかなかにのんびりとしていて、庄太夫の問いかけにあれこれ応えてくれたのだ。

からす川の念蔵の前に高崎一帯を仕切っていたのは勝沼《かつぬま》の五郎兵衛《ごろべえ》という侠客《きょうかく》で、熊野《くまの》神社前に一家を構えて三十人からの乾分を抱えていた。

穏やかで面倒見もよく、町の者達からも好かれていたのだが、三年前に船で倉賀野へ向かう途中に水難に遭い命を落としてしまったという。

そこで、五郎兵衛の乾分の中でも特に押し出しの好いからす川の念蔵が、五郎兵衛の跡を継ぎ縄張りを仕切ることになった。この時、五郎兵衛にはおりんという十八になる娘がいたのだが、既におりんを生んだ女房とも死別していて、肉親を持たぬこの娘の身の振り方が取り沙汰《ざた》された。

念蔵はこの時四十を過ぎていて女房もいたから、念蔵と一緒になって一家を継ぐわけにもいかなかったし、元よりおりんはやくざ渡世の中で暮らすつもりもなかったので家を出た。

そうして、田町から僅《わず》かばかり南へ行ったところの連雀《れんじゃく》町でだるま問屋を開いたのである。

近頃高崎ではだるま作りが盛《さか》んになっていた。

「高崎だるま」は、高崎の西方・少林山達磨寺《しょうりんざんだるまじ》の九代目住持である東嶽《とうがく》禅師が達磨の木型を作りこれを本に百姓達に張り子のだるまを作らせたのが始まりという。

五郎兵衛は、百姓が作っただるまを市に卸す仲買いなども商売にするようになっていたから、おりんはこれを引き継いだのである。

そして、五郎兵衛の家で下働きをしていたおすがという初老の女中を連れて出て商いに精を出していたのだが、やがてこのだるま問屋に二人の男を雇い入れた。

それが天吉と杉六であったのだ。

天吉と杉六は、五郎兵衛の跡目を念蔵が継ぐことに異を唱えていて、

「念蔵を親分などと呼べるものか……」

と一家を離れ、念蔵に取り入る霧太郎達と一触即発の様相を呈してきたので、これを憂えたおりんが二人を引き取ったのだという。

「なるほど、念蔵があの二人を大目に見てやっているのにはそういう理由があるってわけか」

庄太夫の報告を受けて、竜蔵は嘆息したものである。

「どうやらそのようでございますな。先代の娘の許《もと》にいるとなれば、これを手にかけると世間の目もありますゆえ……」

「霧太郎の奴、そんな話は一言もしなかったじゃあねえか」

「自分達に都合の悪い話はしないものです。それに、おりんという娘のことを忌々《いまいま》しく思っているのかもしれませんね」

「うむ、そのあたりのことには、もっと深い事情があるのやもしれねえな……」

竜蔵は小首を傾《かし》げると、

「庄さん、ちょいと出かけるか……」

朝餉《あさげ》の膳《ぜん》もほどほどに旅籠を出た。

元より高崎で英気を養ってから、沼田へ乗り込もうとしていた二人である。まだここで時を費やす余裕はあった。

旅籠へ入ったのは真夜中であったのでよくわからなかったが、ここは田町の真ん中で往来は人と物の通行でなかなかの賑《にぎ》わいを見せていた。

〽お江戸見たけりゃ高崎田町　紺ののれんがひらひらと……。

こんな流行《はや》り唄《うた》があったほどで、六斎市《ろくさいいち》といって月に六回市が決まって開かれるこの町は江戸に劣らぬ賑わいを誇っていたのであるから当然であろう。

連雀町はここから少しばかり南へ歩いたところで、〝だるま〟の看板があげられたおりんの店はすぐにわかった。

そっと覗くと、問屋といっても間口が三間ばかりのさほど大きな店ではなく、小売りもしているようで、若い娘と初老の女がせっせと店先にだるまを並べていた。

この二人がおりんと女中のおすがであることに間違いはなかった。

おりんは庄太夫が仕入れた情報によると、今年二十一歳になっているはずだが、細身でしなやかな体つきが快活さを覗かせていて、随分としっかり者であるようだ。

渡世人の一家に育ち、女中一人を連れて家を出て商いを始めたのであるから頷ける。

切れ長の目にすっと通った鼻筋は、おりんの器量に利巧《りこう》さを添えていた。

店には天吉と杉六の姿はなかった。

「まったくあの二人ときたら役に立たないんだから……」

おすががぷんぷんとぼやいている様子が窺えたから、まだ店に来ていないとみえる。

「また、裏手の空き地でよからぬ相談をしているんじゃあありませんかねえ」

おりんは困った顔をしたが、二人の悪口は言わずに黙々と仕事をこなしている。

そのおりんの様子に、竜蔵は彼女なりに天吉と杉六を案じて、心に屈託を抱えていると見てとった。

「庄さん……」

竜蔵は一声かけると店の裏手へと歩みを進めた。

　路地を抜けると店の裏手へと出られた。おすがの言っていた通り、そこには空き地が広がっていて、店の家屋に付随する離れ家が隣接していた。恐らくこの離れ家が天吉と杉六の住まいなのであろう。

空き地には杉の老木が聳《そび》えている。

路地の陰からそっと空き地を窺い見ると、

「いたいた、間抜け野郎がいたぜ……」

老木の向こうに天吉と杉六の姿が見えた。

「先生、もう一人いるようですが……」

歩み寄ろうとする竜蔵の袖《そで》を庄太夫が引いた。

確かにもう一人、老木を背にして立っている男がいた。目を凝らすと、その男は念蔵の乾分の孝助であった。

江戸からの道中、念蔵達と出会ったことが何度かあったが、暇を見つけては語りかけてきたこの男には何とはなしに親しみを覚えていた竜蔵であったので、

「庄さん、霧太郎がやっちまうより先に、奴が来やがったか……」

と、怪訝な表情となったが、

「いや、孝助はただ一人のようです。喧嘩をしに来たわけでもないような気がします
……」

二人は板塀にへばりついて、空き地の様子を窺ってみた。

孝助の表情には冷静さが漂い、むしろ食ってかかる天吉と杉六を諭しているように
見える。

「帰れ帰れ……」

「裏手からこそこそ来やがって、おれ達に何の話があるてえんだ」

「裏から来たのはおりんちゃんに余計な心配をかけさせねえためだ。何の話かはわかっているだろう」

孝助はあくまでも冷静である。

「おれ達が念蔵を待ち伏せてやっちまうって話かい」

天吉はうそぶいた。

「わかっているなら話は早い。でけえ声で話していたというがどういう了見だ」

「どういう了見だと、手前にとやかく言われる筋合はねえや、思ったことを口にしたまでの話よ。だがなあ、昔の誼《よしみ》で思い止《とど》まったんだ。ありがたく思いやがれってん

だ」

杉六が続けた。

「馬鹿野郎……。思い止まったで済まされると思っているのかい」

感情を押し殺して孝助が唸《うな》るように言った。

「お前ら二人はいつでも相手になってやるなどと馬鹿な考えをしているのかもしれねえが、そうなった時に一番悲しい想いをするのはおりんちゃんだってことを考えろ」

「わかったようなことをぬかすんじゃあねえや……」

孝助に窘《たしな》められても天吉の怒りの表情は変わらなかった。

「もうとっくにおりんちゃんは悲しい想いをしていらあ」

「ふん、孝助、兄のように慕っていたお前が、あんな野郎の乾分になって、今では代貸気取りなんだからよう」

怒りが収まらぬのは杉六も同じであった。

「天吉、杉六、おれはなあ……」

「おれが念蔵親分についているから、お前らも命拾いをしているんだとでも言いたいのかい」

「天吉の言う通りだ。おりんちゃんは何も言わねえが、五郎兵衛親分は念蔵に殺されたに決まっているんだ」

「杉六、よさねえか！　何を言っても無駄なようだから言っておくが、今度おかしな真似《まね》をしやがったらただじゃあおかねえぞ」

「どうするってんだよ、孝助兄ィよう……」

「やくざ渡世はなめられたらしめえだ。先代の娘の許にいるからって、こっちもいつまでも手をこまねいているわけにはいかねえ。この先はおりんちゃんがお前らをそそのかしていると思うから覚えておけ」

「何だと……、お前はそれでも五郎兵衛親分の……」

「天吉、お前も一緒だ。おれは今じゃあ念蔵一家の孝助だ。嚙みついてくる奴は叩き潰すから、そのこと忘れるなよ……」

孝助は二人を睨みつけると裏の方へと足早に去っていった。

天吉と杉六は憤懣《ふんまん》やる方ない様子で、ぐっと拳《こぶし》を握りしめて孝助の後姿を見送っていたが、やがて店の方からおすがが天吉と杉六の名を呼ぶ声が聞こえてあたふたと店の方へと姿を消した。

「庄さん……」

「はい……」

「先代の親分は念蔵に殺された……、なんて言ってたな」

「何やら話は入り組んでおりますな」

「天吉と杉六が町に止まって念蔵の命を狙っているのは、そんなわけがあるのかねえ……」

「あの孝助という男も気になりますねえ。霧太郎があの二人を何とかする前に忠告に来たというのは、念蔵についたもののあの二人のことが気になっているのでしょう」

「天吉と杉六と同じで、悪い奴には見えねえがなあ……」

二人は、江戸からの道中、何度か無邪気に話しかけてきた孝助のことを思い出して神妙に頷いた。

「もう少し、念蔵が跡目を継いだ時の様子を確かめてみるか……」

とにかく今は、杉六と天吉には会わずに一旦ここを引き上げようということになって、竜蔵と庄太夫は問屋を覗くこともなく表通りを北へ、旅籠の方へと歩き出したその時であった。

「はッ、はッ、やっと会えた……」

聞き覚えのある声が背後からした。

振り向くと旅姿の武士がいた。従者を連れていないところを見ると浪人のように見

えるが、目深に被《かぶ》った編笠を上へ上げると、

「なんだい、清さんかい？」

武士は大目付・佐原信濃守の側用人《そばようにん》・眞壁清十郎《まかべせいじゅうろう》であった。

「いや、竜殿が土岐美濃守様の御前で演武をすることになったと聞いた我が君が、某《それがし》に見届けて参れと仰《おお》せになられてな」

「お殿様が……」

「峡竜蔵先生は当家の剣術指南役。美濃守様に、独り占めなさらぬようにと釘《くぎ》をさしたかったのでござろう……」

信濃守は噂を聞きつけるやすぐに段取り、佐原家から家来を遣《や》るゆえに演武を見せてやって下さるようにと土岐美濃守に問い合わせたのだという。

「はッ、はッ、お殿様らしいや。おれは土岐様にお仕えするつもりなど無いと申すに」

それでも、自分の動向にそこまで気を回してくれた信濃守の想いが嬉《うれ》しくて、竜蔵はぽっと頰を紅潮させた。

「だが、佐原家からの遣いにしては、供も連れずに何だかみすぼらしいじゃないか」

「ついでに上州の大名家に困ったことが出来しておらぬか見てこいとの仰せでな」

「なるほど、隠密廻《おんみつまわ》りは一人の方が気楽かい」

「まあ、そういうことだ。何かの折は峡先生の御役に立つようにとも言われておりまするぞ」

「それはありがたい……」

竜蔵はにこやかに頷いたが、ふとあることに思い至って——、

「ちょうどよかった。今がちょうど、その何かの折なんだよ……」

と、嬉しそうに肩を叩いた。

旅の埃《ほこり》が舞う中で、清十郎は何やら胸騒ぎに怪訝な表情を浮かべた。

四

「親分、あっしがさっそく天吉と杉六の野郎を呼び出して、しっかりとどやしつけておきやしたから、まあ今度のことは大目に見てやっておくんなさいまし……」

熊野神社前のからす川の念蔵の家では、大八木《おおやぎ》の孝助が念蔵に天吉と杉六のことを取りなしていた。

長火鉢の横で煙管《キセル》をくゆらせながら、念蔵は何とも苦い顔をして押し黙っていた。

「あの二人は酒に酔っていて、何を言ったかよく覚えていねえそうで……。あんな奴

でも元をたどれば弟分……。今度だけは堪《こら》えてやっておくんなさいまし」

孝助はそれでも辛抱強く二人のために頭を下げてやった。

「まあ、お前が次はねえと言い聞かせたというなら、おりん坊の顔を立てて、今度のことは忘れてやってもいいが……」

念蔵はやっと重い口を開いたが、

「孝助、お前、勝手な真似をするんじゃあねえぜ……」

部屋に入ってきた霧太郎がこれに口を挿《はさ》んだ。

「あの馬鹿野郎のお蔭でおれはとんだ恥をかかされたんだ。おれの恥は親分の恥だ。親分がおりん坊の顔を立てておやりになるのは結構なことでござんすが、このまま放っておくわけにもいきますまい……」

霧太郎の言葉に、再び念蔵は不機嫌に押し黙った。

「霧太郎兄ィ、お前が怒るのもよくわかるが、とるに足りねえ三下二人をむきになって追い回したって、かえって親分の男が下がるってもんだぜ」

「馬鹿野郎！　親分の男が下がるだと……。きいた風なことをぬかすんじゃねえや！」

「兄ィ……」

「ふん、誰にでも好い顔をしやがって。ちょっとばかり才覚があるからって好い気になるんじゃねえや！」

「おう、霧太郎、でけえ声を出すな……」

念蔵はこれを窘めたが、

「親分、孝助に心を許しちゃあいけませんぜ、この野郎はそのうちおりん坊と一緒になって、親分にとって代る魂胆かもしれませんぜ」

霧太郎はどこまでも孝助が気に入らないのか、激しく念蔵に訴えた。

「兄ィ、そいつは聞き捨てならねえぜ！」

さすがに穏やかな孝助も気色ばんだ。

「だったらどうするってえんだ！」

腕っ節が自慢の霧太郎はさらに激昂《げきこう》した。

その時――。

「邪魔するぜ……」

突如その場に峡竜蔵が現れた。

「こ、こりゃあ先生……。今からご機嫌を伺いに行こうかと思っていたところで……」

念蔵はあわてて頭を下げたが、

「いいってことよ。一宿一飯の恩義ってやつだ。おれの方から出向くのが筋だよ」

「そんなことを先生に言われると困っちまいますよ……」

「だが無用心だぜ。おれが勝手に上がりこんだってえのに誰も気付かねえ。泣《な》く子も黙るからす川の念蔵の家に勝手に入る野郎はいねえなんて高を括《くく》っていると、天吉と杉六にやられちまうぜ……」

「へい、畏《おそ》れ入りやす……」

竜蔵は畏まる念蔵達を手で制すとどっかとその場に座り込んだ。

「だが、聞くとはなしに話は聞いたが、霧太郎の言う通りだぜ。このまま黙っていちゃあ渡世の名がすたるってもんだ」

これに霧太郎の顔が綻んだ。

「まあ、他所者《よそもの》のおれがあれこれ言うのも何だが、その馬鹿野郎のお蔭でおれは命を狙われたんだ。そのけりはつけてもらわねえとな」

「まったくで……」

ここぞと言葉を継ぐ霧太郎にのせられて、

「そいつは確かに……」

念蔵も頷いた。孝助は祈るような目を竜蔵に向けたが、

「おりんってえ娘が先代の忘れ形身だってことは聞いた。ここで世話になっている二人を殺せば世間の目も悪かろう、命まで取ることはねえが、けりはけりだ。半殺しの目に遭わせてやりな。そうでねえとおれは収まらねえぞ……」

竜蔵は言いきった。

「承知いたしやした。先生にご迷惑をおかけしちまったのはこちらの落ち度だ。霧太郎、ちょいと痛え目に遭わせてやれ。おりん坊にはあとでおれが話をつけてやる……」

「へい！　任せて下せえ！」

霧太郎が勇んで身を乗り出した。

「そんならおれは旅籠へ帰るとしよう。ちょっとの間世話になるぜ。霧太郎、あとで話を聞かせておくれな……」

竜蔵はそう言うと念蔵一家の乾分達に見送られて家を出た。

その日の夕方のこと――。

竜蔵は〝からす屋〟で庄太夫相手に山菜料理をつまみながら一杯やっていた。

少しの間逗留《とうりゅう》するという竜蔵を、念蔵は丁重にもてなすよう命じていたので酒食には困らなかった。

そこへ霧太郎が乾分達を引き連れ駆け込んできた。

「先生……、間島先生はいらっしゃいやすかい」

この切羽詰った声を聞いて、竜蔵は庄太夫にニヤリと笑った。

「庄さん、うまくいったようだな」

「はい……」

師弟はこれを予期していたようである。

「先生……！　ちょいとお越し願えませんか……」

「何でえ霧太郎、騒々しいぜ。それで、半殺しの目に遭わせてやったのかい」

竜蔵は何くわぬ顔で霧太郎を見たが、彼の目の周りには殴られたような青痣《あおあざ》があった。

「お前まさか返り討ちにあったんじゃあ……」

「それが、とんだ邪魔が入りやした……」

「何でえそりゃあ……」

「まあとにかく駕籠《かご》を用意しておりやすからお越し願います」

「わかったよ。そんなら庄兵衛、お前はここに残りな……」

竜蔵は庄太夫に目配せをすると霧太郎について、再び熊野神社へと向かった。

念蔵の家に着くと、念蔵自らが竜蔵を抱きつかんばかりに出迎えた。

「おいおいどうしたんだい。泣く子も黙るからす川の念蔵が何をうろたえているんだよ……」

竜蔵はやくざの親分といっても、いざとなれば気の小さいものだと内心嘲笑《あざわら》いつつ、

「道中、霧太郎に聞いたが、手強《てごわ》い奴があっちの味方についたそうじゃあねえか……」

「そうなんでございますよ……」

「そいつは困ったな。いってえ何者なんだろうな……」

竜蔵は首を傾げながらも、内心笑いを堪えていた。それが何者か既に竜蔵は知っていたのである。

天吉と杉六をつけ狙い、二人がだるま屋から離れたところを襲いかかった霧太郎であったが、俄《にわか》に現れた武士によってあっという間に叩き伏せられた。

その武士こそ眞木《まき》清四郎《きよしろう》と名乗った眞壁清十郎であったのだ。

「いずれにせよ間島先生、こうなったら迷惑ついでと思し召《おぼ》して、あっしの用心棒になってやっておくんなさいまし……」

念蔵は竜蔵の腹の内など知る由もなく、深々と頭を下げたのである。


その頃。

眞木清四郎こと眞壁清十郎は、おりんが営むだるま問屋にいた。

奥の座敷では、霧太郎一党の襲撃を受けて怪我をした天吉、杉六の傷の手当てをするおすがの叱咤《しった》が響き渡っていた。

「まったく情けない。何だいこの様は」

「奴らがいきなり襲いかかってきやがったからだよ……」

強がる天吉の隣で杉六は痛みに堪えていた。

「本当にありがとうございました……」

困った顔をこの二人に向けた後、おりんは一間の内に請じ入れた清十郎に頭を下げた。

「いや、某は数を頼りに汚い真似をする連中が許せんでな……」

清十郎は、峡竜蔵に頼まれて天吉、杉六の様子を窺い、霧太郎達が二人を稲荷社の前で襲ったところを通りすがりを装い助けた。

相手は霧太郎を含めて六人――手に手に得物を持った連中を、清十郎は腰の刀を鞘《さや》

ご と抜き払い、これで突き叩き、たちまちのうちに打ち倒したのである。

さすがにこれは騒ぎとなり、おりんの知るところとなった。

もはや隠すことを諦めた天吉と杉六は、おりんの怒りを和らげようとして、清十郎を連れ帰ったのである。

「高崎に来る道中、からす川の念蔵というやくざ者の無法ぶりを耳にして、憤りを覚えていたところ、両名が襲われているのを目にしたのだ。様子を見るに念蔵一家とは何やら因縁があるよし。話を聞かせてはくれぬか」

そして清十郎は、店に入るやおりんを交えてこう言った。

峡竜蔵と竹中庄太夫の合作による芝居であるが、いかにも誠実そうで折目正しい清十郎にこんなことを言われると、ついほろりとして身の上話などしたくなるものだ。

眞壁清十郎は生真面目《きまじめ》な男であるが、時には大目付配下の侍として隠密の役回りを務めることもある。竜蔵の要請に渋々承知したものの、通りすがりの正義の士・眞木清四郎の役を立派に務めたことで、この場の四人の心を見事に摑んだ。

念蔵が五郎兵衛の跡目を継いだ時に、天吉と杉六は一家を離れた。当然、念蔵の乾分達からの風当たりは二人に対して強くなる。

おりんは子供の頃から兄のように自分の面倒を見てくれた二人が何とかこの町に残

って暮らしていけるようにと、自らが開いた〝だるま問屋〟に迎えた。先代の娘である自分の許にいれば、念蔵一家の者とて二人には手を出さないだろうと思ったのである。

だがその反面、自分の許にいる気安さから、二人が霧太郎のような乱暴者と諍《いさか》いを起こすのではないかと心配していて、きつくそれを戒めていた。

しかし、当の二人は、何かというと念蔵一家の乾分達に突っかかった。それでもその原因が、霧太郎のような乱暴者が天吉と杉六をからかい挑発することにあると知っているだけに、おりんも胸を痛めていたのである。

「お父つぁんが亡くなった後、この町を出ようかとも思ったのですが……」

おりんはついに清十郎の前で胸の内を吐露し始めた。

「おぬしが町を出ることはない……」

女一人、やくざ者の家を出て高崎の名物になりつつあるだるまを扱う店を始めたのだ。これを邪魔されてよいものかと清十郎は労るように言った。

この言葉におすがは感じ入り、天吉と杉六が元気づいた。

「そうだ。そいつは旦那の仰る通りだ。そもそも五郎兵衛親分は、おれ達みてえに身寄がなくてぐれちまったような奴に生業《なりわい》を与えて、真っ当な道を歩ませる……。そう考えてだるまを扱おうとしていなさったんだ」

と天吉が言えば、

「それを念蔵の野郎は、だるま売りなんてごめんだ。楽をして儲《もう》けるのがやくざというもんだと蔭で親分の悪口を言ってやがった。親分は奴に殺されたのに違えねえや……」

杉六が相槌《あいづち》を打った。

「ちょっと杉さん……」

おりんはたちまち整った眉をひそめたが、

「その話、くわしく聞かせてくれ……」

清十郎はそれへ律々《りり》しい目を真っ直ぐに向けた。

しっかり者とはいえ、おりんもか弱い女である。強く優しい男の出現に思わずその目に涙が浮かんだ。

五

からす川の念蔵一家の用心棒になった峡竜蔵は、竹中庄太夫と共に旅籠から熊野神社前の念蔵の家へと移った。

一方、天吉、杉六に正義の味方・眞木清四郎に扮した眞壁清十郎が助勢してから、五郎兵衛亡き後、念蔵に従うことを好しとせず高崎から離れていた乾分達数人がおりんのだるま屋に身を寄せてきたという。

これに念蔵は落ち着きをなくしたが、

「まず様子を見りゃあ好いぜ。高崎に戻ってきた奴らを見極めてから一網打尽にしてやるさ……」

竜蔵はそう言って、庭の植込みにそそり立つ桜の太枝をすくい斬りに切断して見せたから、この凄腕にすっかり勢いを取り戻した。

霧太郎達乾分も意気あがり、いつものように盛り場の縄張りを闊歩《かっぽ》し始めた。

竜蔵はというと庄太夫を物見に出し、自分は宛《あ》てがわれた離れの一間で優雅に酒など飲んでいた。

そして敵の視察に行かせていることになっている庄太夫が、密《ひそ》かに眞壁清十郎と連絡を取り合い仕入れた諸事情を頭に叩き込んで、あれこれ策を立てていたのである。

酒の相手はもっぱら孝助にさせた。

竜蔵はこの男が先代親分にかわいがられ、その娘・おりんに慕われていたという事実を摑んでいた。それなのに五郎兵衛が死ぬやあっさりと念蔵の乾分に鞍替《くらが》えした孝助は、天吉、杉六といった念蔵嫌いの乾分達から、見損なったと非難を浴びた。

だが庄太夫から聞かされた清十郎情報によると、おりんはそれでも、

「孝さんはきっと何か想うことがあって今の暮らしを送っているのでしょう……。わたしはそう信じています」

天吉と杉六が何と言おうとそう言い切るのだそうな。

元より念蔵一家の中でも、霧太郎などには何かとおりんに気遣うことを責められている孝助である。竜蔵はこの男に本当に思うことがあるのか探りたくなっていたのだ。

実際、初めのうちは霧太郎が言うところの男伊達《おとこだて》に生きる俠客と念蔵を見ていた竜蔵であったが、何日か傍で様子を窺うと、強請《ゆすり》、高利貸、いかさま博奕に盗品の売買に至るまで、念蔵のすることはこの上もなく阿漕《あこぎ》である。

その中にあって確かに孝助だけは一風変っていて人間味があるように思えてくる。

何度か竜蔵と共に孝助と話してみた庄太夫も同じく彼の人間味を評価した。

「孝助、天吉と杉六に強え用心棒が付いたのは、お前にとっちゃあよかったな……」

この日、竜蔵は少し詰《なじ》るように言った。

「とんでもねえ……」

孝助はこれを強く打ち消した。

「そりゃあ、天吉と杉六はあっしの弟分だった男です。霧太郎達ともめてもらいたく

はありやせん。かと言って、からす川一家にたてつくというなら、あっしも先生ばかりに頼らずに渡世の義理を果すつもりでございますよ……」

「お前は腕っ節も強くて、あれこれ金を稼ぐ才覚もあると聞いている。いっそ、おりんの許に馳《は》せ参じて念蔵に取って代ったらどうなんだ」

「よして下せえよ。ただでさえ霧太郎からそんな目で見られて迷惑をしているというのに」

「ふッ、ふッ、ちょいとからかっただけだよ。だが、このまま行くとだるま屋の娘を何とかしねえといけなくなるな……」

「と、申しますと……」

「先代の忘れ形身を大将に奉って戦を始める……。よくある話だからよ」

「おりんちゃんはそれを望んじゃいねえと思いますがねえ」

「馬鹿野郎、本人が望む望まねえはどうだって好いや。堅気を相手にちょいと酷《ひど》いことになるが、おりんには消えてもらった方が後腐れがなくていいってもんだ」

そう言うと、竜蔵は孝助に鋭い目を向けた。

「先生……」

孝助の表情が一瞬凍りついた。竜蔵は剣の仕合相手の呼吸をはかるようにその表情

を見つめると、

「お前も疑われねえように腹を括ることだな」

ふっと笑って立ち上がった。

「さて、おれも飲んでばかりじゃあ体が鈍《なま》っていけねえや。ちょいと物見に出かけるか……」

竜蔵はそれから念蔵の家をふらりと出た。

行く先は田町を挟んで東側にある法輪寺《ほうりんじ》である。ここで現在物見に出ている庄太夫と落ち合うことになっていた。

この日も庄太夫は密かに清十郎と文のやり取りを交していた。連雀町と田町の間にある稲荷社の祠《ほこら》にかかる階《きざはし》――この裏側にそっと互いの密書を忍ばせておくのである。

寺の境内に入ると、石灯籠《いしどうろう》の傍で庄太夫がやや興奮の面持ちで竜蔵を待ち構えていた。

「何か新しい話が出たかい？」

辺りを見廻しつつ竜蔵は問うた。

「はい。眞壁さんは日増しに頼りにされているようでございます」

清十郎が竜蔵と庄太夫に宛《あ》てた手紙によると、今日もまた一人、以前五郎兵衛の乾分であった若い者がだるま屋を訪れて、おりんの許で働きたいと申し出たようで、天吉、杉六が暮らす件の離れ家には二人の他に三人が加わり、おりんの不安を他所《よそ》に意気上がっているという。

それもこれも清十郎あってのことであるから、清十郎は店の客間に逗留して日々念蔵のことについて、おりん、おすがから聞いていたのだが、

「とうとう、先代の五郎兵衛が死んだ時の謎《なぞ》を、おりん自らが話したそうです……」

「念蔵に殺されたのではねえかっていう話かい」

「はい……」

先代親分、勝沼の五郎兵衛は、倉賀野の顔役、白舟屋《しろふねや》勘六《かんろく》が開く花会に出向こうとして、船で烏川を下った。

ところが途中、船底が岩場にあたったか、船が横転し、折悪く先日来の雨で増水していた川の水勢に呑《の》み込まれて命を落としたのだ。

だがこの船に乗っていたのは船頭の他に三人だけで、五郎兵衛と、当時は五郎兵衛の代貸を務めていた宗八《そうはち》、そして念蔵であった。

宗八も死んだが、船頭と念蔵は一命をとりとめた。念蔵は博徒になる前は川の船頭で、水泳ぎには長《た》けていたから、初めは皆不幸な事故であったと済まされていた。

だがよくよく考えてみると、その日はいつもと違う船頭を雇って船を漕《こ》がせていた。その手配をしたのは念蔵であったのだ。

その後の船頭の行方は知れなかったし、この時念蔵は船上に酒を持ち込んでいた。

それゆえに川へ投げ出された時の対応が酔いのために遅れ、五郎兵衛と宗八は命を落としたと見られた。とはいえ、金と物への執着は凄《すさま》じい念蔵も酒には弱く、日頃はせいぜい一合をなめるように飲むほどなので、自分からわざわざ川の上で飲もうと用意をしたのは解せなかった。

自分は酒を飲まず、親分と代貸を酔わせあらかじめ船頭と示し合わせた上で船をわざと横転させ、水泳ぎの達者な自分だけが助かる——念蔵の動きはそう捉えられてもおかしくはなかった。

ましてやその数日前に、念蔵は五郎兵衛に内緒で盗品を捌《さば》いたことが露見し、阿漕な金儲けを嫌う五郎兵衛から叱責を受けていた。

「そのようなことから、天吉と杉六達は念蔵を疑っているというわけです……」

「なるほど、そりゃあ疑いたくもなるだろうな。何といっても五郎兵衛親分は俠気にあふれた男だったというから、念蔵はこんな親分の下にいても割が合わねえと日頃から思っていたに違えねえ……」

自分に置き換えてもわかるが、俠気を見せると金持ちにはなれないのが人の世である。今の念蔵の稼ぎ様を見るに、自分が縄張りを受け継げばという想いが強かったに違いないと竜蔵は見た。

「先生の申される通りです。親分の死を悲しむ乾分達も、念蔵が持つ金の力にあっという間に捻《ね》じ伏せられたのでしょう。あれは悲しい事故であったのだと、己に言い聞かせるようになったようです……」

庄太夫は思い入れを込めて言った。

「誰よりも自分に言い聞かせたのはおりんという娘だろうな……」

父親が乾分に殺されたとは思いたくもなかったし、自分の言動が乾分同士の殺し合いに発展することもありえるからだ。

何よりも五郎兵衛の死が事故で、乾分達のある者は自然と念蔵一家に再編され、またある者は高崎を去ったのは止《や》むを得ない時の流れであると思わねば、兄と慕った孝助に裏切られたことになるではないか——。

おりんは幼い時から孝助を慕い、五郎兵衛はだるまの商いがうまくいけば孝助を堅気にさせおりんと所帯を持たせたいと密かに思っていたようだという。

そのことは孝助もうすうすわかっていたはずであるし、孝助がおりんを裏切ることなどあり得ない。孝助が念蔵の許にいるのはそれなりの事情があるに違いないとおりんは信じているのである。

この辺りの孝助への感情までは詳しく清十郎には語らなかったが、清十郎にはおりんの言葉の端々からこのような気持ちが読み取れたという。

「てことになると庄さん、孝助の奴は何を考えているんだろうねえ」

「たとえば念蔵の懐に入り込んで、本当に念蔵が五郎兵衛を殺したかどうかを探っているとか……」

庄太夫は唸るように言った。

「ふッ、ふッ、そうしてもし念蔵が憎い仇なら折を見てこれを討つ……とか」

竜蔵はありうることだと頷いた。

「だとすれば、仇討ちの助太刀をしてやりてえものだが、孝助の野郎、まだ調べがついてねえようだな」

「はい。それに孝助の本心もまだはっきりしません」

「おりんを何としても守りたいのは本心だ。おりんをやっちまうしかねえと言った時の奴の目は命懸けで守ってやるというものだった。庄さん、いっぺんに何もかも片がついちまういい方策はねえもんかねえ……」

「考えねばなりませんな。先生も眞壁さんも、いつまでもここで用心棒遊びをしていられませんからね……」

気がつけば自分もこの遊びにどっぷりと浸っていることに庄太夫は大きな溜息をついた。

「用心棒遊びか、こいつは面目ねえや……。どうしておれの行く先には、こういつも騒動が待っているんだろうな……」

「それは、先生がいちいち首を突っ込むからではありませんかな」

「そうだったな……」

竜蔵は悪童のような顔になって首を竦《すく》めた。

それを前にして、やがて庄太夫の表情に生気が充ち溢《あふ》れてきた。

「先生、このような手はいかがでしょう……」

六

その夜。からす川の念蔵は霧太郎、孝助に加えて、日頃目をかけている乾分数人を部屋に呼び集めて談合した。

竜蔵が庄太夫と法輪寺にいる頃、眞木清四郎に扮した眞壁清十郎は、天吉、杉六を従えて田町の盛り場で露天商相手に所場代をせびっている念蔵一家の若い連中を叩きのめした。

勝沼の五郎兵衛時代を懐しむ露天商達はこれにどっと沸いたというが、念蔵にとっては縄張り内を荒らされたに等しい。

やはり天吉、杉六はおりんの許に前の仲間を呼び集め、眞木清四郎を前に押し出し、からす川の念蔵一家と張り合うつもりのようだ――。

「こうなりゃあこっちも黙っちゃいられねえ。間島先生のお力をお借りして叩き潰してやらあ……」

念蔵はとうとう自分に楯突《たてつ》く連中の鎮圧に乗り出したのである。

この談合の席には峡竜蔵と竹中庄太夫が、それぞれ間島竜三郎、松中庄兵衛というやくざな旅の剣客師弟を演じて同席していた。

「親分、どうやって叩き潰すんです」

霧太郎は、先だって出作り小屋で天吉、杉六を襲うつもりが峡竜蔵に叩き伏せられ、その後またすぐに天吉、杉六を半殺しの目に遭わせてやろうとしたが今度は眞壁清十郎に蹴散らされ、腕自慢の面目を潰されていたから気合が入っていた。

「こうなったら仕方がねえ、おりん坊には死んでもらうぜ……」

念蔵は低い声で言った。

「親分……」

早速この言葉に孝助が鋭く反応した。

「先代の娘をやっちまったら世間の目が……」

「やかましいやい……」

小声だがどすの利いた声で念蔵は孝助に物を言わせなかった。

「あの娘を生かしておくと、これを担ぎ出しておれ達に取って替ろうなどと企む野郎が、この先増えていくに違えねえ。それによう、これからだるまは高崎の名物になりそうだっていうのに、百姓達の内職でできただるまはそっくりおりんの手に渡る仕組になっているそうだ。これを始末すりゃあそのどさくさにつけ入って、そっちの仕切りもおれ達が一手に引き受けることになる」

「ヘッ、ヘッ、だからどうでも死んでもらわねえといけねえわけで……」

霧太郎は勝ち誇った顔を孝助に向けながら念蔵に追従した。

「孝助、手前、おれの言うことに承知できねえとでも言うのかい」

念蔵はまた孝助を詰った。

「とんでもねえ。あっしだっておりん坊より我が身の方がかわいいに決まってまさあ。

ただおりんをやるとなれば、こいつは人知れずやらねえといけねえ……」

「そんなこたあ百も承知だ。それに……、お前にやれとは言わねえよ……」

念蔵は薄ら笑いを浮かべると竜蔵を見た。

「おれに任せておけ。果し合いに見せかけて眞木とかいう野郎を始末して、おれが奴を引き受けている間に、女は庄兵衛がやる……」

竜蔵は冷徹に言い放った。

「その時、おぬしらには三下共が邪魔をせぬよう露払いを頼んだぞ」

庄太夫が幽鬼のごとき表情で続けた。

孝助の顔にえも言われぬ虚無が漂った。気にはそわないがそれもやくざ稼業の辛《つら》さと諦めようと己に言い聞かせているのか、気の好い先生だと思い江戸からの道中声をかけて剣の極意などを問いかけた間島竜三郎が、これほどまでに欲にかられた恐ろしい男であったのかと驚いているのか——それは定かではないが、まさか念蔵がおりんを殺そうとするとは思わなかったという嘆きが孝助の表情からは明らかに窺える。

「それで、いつやるんですかい」

孝助は心を決めたか、落ち着き払って問うた。

「明後日《あさって》おりんは達磨寺まで出かけるそうだ。その道中を狙う。少林山の山道なら襲うのに好都合だからよ。霧太郎、孝助、お前らは先生の露払いをしっかり務めるんだぜ……」

念蔵はニヤリと笑って頷いた。

さて、そのおりんはというと、念蔵が件の悪巧みをしていた翌日。その日が亡父・五郎兵衛の月命日に当たるとのことで長松寺《ちょうしょうじ》裏手にある墓地へと参っていた。

長松寺は熊野神社の北にあって念蔵の家からもほど近いのであるが、この頃は念蔵の顔色を窺って、祥月命日以外、墓を参る乾分達は誰もいなくなった。

おりんにとってはその方が連中と顔を合わさずにすむので、気が楽であった。

この日も、すっかりと用心棒のように頼りにしている眞木清四郎に守られて、二人だけで墓所へと出かけた。

天吉や杉六達を連れて行くと妙に目立って、念蔵一家の連中を刺激すると思っての配慮なのであろう。

墓所へは寺の裏の人気のない雑木林に囲まれた道を通っていく。一人で参ってもよかったのだが、ここを通らねばならぬゆえに、眞木に同道を願ったようだ。

まだ朝靄《あさもや》が立ち込めている時分に、そっと墓参を済ませたおりんに迫り来る人影があった。

「誰だ……」

この気配に眞木清四郎こと眞壁清十郎がすぐに気付いて身構えた。

すると雑木林の中から息も絶え絶えになった大八木の孝助が現れた。

「孝さん……」

「おりんちゃん、今は詳しく話してられねえが、明日、達磨寺へ行くのはよしてくれ。念蔵は少林山への道筋でお前を待ち伏せて命を取るつもりだ……」

「何ですって……」

「そこの旦那、必ずおりんちゃんを守ってやっておくんなさいまし……」

孝助はやはりおりんを殺したくはなかったのだ。今日は五郎兵衛の月命日。おりんが毎月ここへ来ることを誰よりもわかっていた。ここで待ち受けて念蔵の企みを打ち明けて何とかおりんの無事を確かなものとしたかったのだ。

そこに、兄のように自分を可愛《かわい》がってくれた孝助の、昔変わらぬ優しい顔がある。

やはり孝助は自分を裏切ってはいなかった――おりんの顔に大きな感動が表れた。

「なッ……。とにかく明日の外出《そとで》は取り止めてくれ……」

だが孝助がそう言い終えた時、思いもかけぬ変事が起こった。

突如、もう一方の雑木林から間島竜三郎とその家来・松中庄兵衛が現れたのだ。

「覚悟しやがれ！」

と、抜刀した間島は鮮やかな太刀捌きで、不意を衝かれて後手に回った眞木と三合斬り結んだ後、見事に眞木の腹に刀を突き入れていた。眞木は音もなく俯《うつぶ》した。

そしてその時には、あまりのことに声を失い思わず立ち竦む孝助の前で、おりんもまた庄兵衛の刀に胸を刺され、その場に倒れていたのである。

「おりんちゃん……！　こ、この人でなしが！」

叫ぶ孝助の周りを、念蔵が霧太郎達乾分共を引き連れて駆けつけたちまち取り囲んだ。

「馬鹿めが、まんまとひっかかりやがった……」

念蔵が嘲笑《ちょうしょう》を浮かべた。

「もしやこんなことかと思ったが、孝助、お前がおれの懐に入ったのは、いざとなったらおりんのことを助けようという魂胆だとは思っていた。だが、お前は頭も切れるし腕っ節も強えから重宝だ。使えるところまで使ってやろうと思っていたのよ……」

「ふん、それも今日で終りってわけかい……」

孝助は怒りと悲しみで体を震わせたが、ズタズタに斬り刻まれようと、念蔵だけは道連れにしてやると心に決めて懐に呑んだ匕首《あいくち》に手をやった。

「生憎《あいにく》だったな……。仕方がねえやな。お前はおれが親分と宗八を殺した証を探って、折を見て殺そうと企んでやがるからよう。そんな野郎を怖くて置いとけやしねえ」

「おれが恐えってことは、やはりお前が親分と宗八兄ィを殺したんだな」

「さて、その証拠が見つかったのかい」

「まだ十分じゃあねえ……。だからお前を殺しちゃあいねえんだ」

「十分じゃあねえだと、笑わせるな……」

「お前が親分が川で溺《おぼ》れ死んだ二日前、町医者を脅して痺《しび》れ薬を仕入れたことは確かだ。その上、あの日の船頭はその後行方知れずになったというが、実は次の日に、前橋のご城下で辻斬《つじぎ》りに遭って死んでいたこともわかった……」

「てことは何かい。あの日、親分と宗八は痺れ薬の入った酒を飲まされて川へ投げ出されたってえのかい」

「そうだ。お前は船頭と結託してわざと船を沈め、手前は船頭と岸へ泳ぎついた。それから船頭には金をやって前橋へと逃がし、そこで口を封じたんだ……」

「ほう、ご苦労なこったなあ。よくそこまで調べたもんだ」

念蔵は吐き捨てるように言ったものだが、この時、眞木清四郎とおりんの死体に菰《こも》を被せていた間島竜三郎が哄笑《こうしょう》した。

「孝助、お前もくそまじめな男だなあ。まだ証拠が十分じゃあねえだと？　それだけわかりゃあもう立派な証拠じゃねえか、早いとこやっちまわねえからこうなるのさ」

これに念蔵は苦笑して、

「先生、そんな風にからかわねえで下せえよ」

「ふッ、ふッ……、念蔵、ここまでくりゃあおれとお前は切っても切れねえ仲だ。おれを憚《はばか》らねえでもいいだろう。さあ、この世の名残に、五郎兵衛はおれがやったと教えてやれ」

「先生もお人が悪いや……」

「何が人が悪いもんか、おれはお前みてえな悪党を見ていると楽しくなって仕方がねえのさ」

「そいつはおありがとうございます……」

念蔵は間島竜三郎に頭を下げると、勝ち誇ったように孝助に向き直り、

「おう、孝助、お前が睨んだ通りよ。昔気質《むかしかたぎ》の俠客にこだわって銭にもならねえことばかりやっている勝沼の五郎兵衛は、宗八と一緒におれが殺してやったんだよ。へッ、へッ、ここにいる乾分の中でそのことを知らねえのはお前一人だよ。はッ、はッ、は

ッ、はッ……」

「こ、この野郎！」

堪らず孝助は匕首を抜いて、

「親分の敵《かたき》だ、死にやがれ！」

と、躍りかかったが、さっと前に出た間島に刀の鞘で払われて、無念にも匕首を取り落としその場に座り込んだ。

「おう、孝助、念蔵を殺してやりてえお前の気持ちもわかるが、悪い奴でも人を殺せば後生《ごしょう》に悪いぜ。ここはこの町の役人に任せばいいさ……」

「え……？」

首を傾げたのは孝助だけではなかった。

高崎に悪の華を咲かせたやくざ剣客・間島竜三郎が俄に孝助へ労りの目を向けたのである。念蔵一家の乾分達もぽかんとした。

その瞬間。間島竜三郎は峡竜蔵に、松中庄兵衛は竹中庄太夫に戻った。

「おう！　からす川の念蔵と一味の者共、お前らの悪事は確《しか》と見届けたぜ！」

竜蔵の一喝を合図に、間島竜三郎に刺されて倒れていた眞木清四郎こと眞壁清十郎と、松中庄兵衛に殺されたと思われたおりんが、すっくと立ち上がった。

孝助と念蔵一家の者共が、目を丸くして驚き固まったのは言うまでもない。

「すまねえ孝助、お前の本心と念蔵の悪事を白状させるにはこれが一番手っ取り早いと思ったんだよ」

「へえ……」

へなへなとその場に座り込む孝助を見て、死んだふりをしながら孝助の想いに心を打たれたおりんが、切れ長の眼を潤ませてしっかりと頷いた。

それから――。

一斉に逃げ出したからす川の念蔵と霧太郎達五人の乾分は、峡竜蔵、眞壁清十郎、竹中庄太夫の三人に次々と峰打ちに倒された。

竜蔵にとってありがたかったのは、何といっても眞壁清十郎が、大目付・佐原信濃守の家臣として顔を利かせ、高崎の領主・松平右京亮《まつだいらうきようのすけ》の家中に素早く話を通してくれたことである。

佐原家剣術指南・峡竜蔵が、沼田への道中たまたまやくざ者共の争いに巻き込まれ、咎人を一掃したゆえに後のことはよろしくお頼み申す――。

町役人の中には、念蔵に鼻薬を嗅《か》がされていた者もいたからこの嘆願に慄き、慌てて念蔵達を捕えたのである。

悪者共を退治して、おりんという娘の明るい未来を開いてやった上からは、竜蔵の気も済んだ。あとはすぐに沼田へと旅立つのみであった。面倒なことに付き合わされて、やたら時を費やしたくなかったのだ。

天吉と杉六は、あの夜出会った間島竜三郎がその家来の松中庄兵衛と共に、憎き敵の念蔵の用心棒になったと聞いた時は世も末だと嘆いたが、その後に颯爽《さっそう》と現れて自分達の味方をしてくれた眞木清四郎が実は間島の仲間で、三人してうまく念蔵の悪事を暴いたと知った時は嬉しさに男泣きしたという。

そしてこの三人の武士は、最後まで本当の名を告げぬまま、すぐに旅に出た――。

「庄さん、何やら胸がすうっとしたねえ……」

「それはまあ……。しかし、相変わらず先生はおもしろいお方ですねえ」

「そうかい」

「はい。人助けをする……。というような清いものではないのです。先生のなさることは……」

「何だいそれは」

「少しばかり端迷惑で乱暴で、物好きで……」

「まだ若い頃こじらせた馬鹿が治ってねえんだろうな」

「こじらせたどころではありません。骨の髄まで冒されておりますな」

「こいつは手厳しいや」

「ですが、そこには欲も得もない遊び心があって、お付き合いをしていてこれほど楽しいものはありません」

「欲も得もないか……。しまったな。念蔵から先に用心棒代をふんだくっておけばよかったぜ」

「間島竜三郎として……」

「ああ……」

「それは松中庄兵衛といたしましては、惜しいことをしました」

「はッ、はッはッ……」

二人は爽《さわ》やかに笑い合った。

竜蔵と庄太夫は今、前橋を過ぎて、沼田へと向かっている。

「あと一日くらい逗留できましたものを」

「そうだな……」

「ちょっとばかり、念蔵達が捕われた後の高崎の様子を見てみたかったような……」

「後の様子は見なくったってわかるさ。一月もすりゃあ、あの高崎にはだるま問屋を営む夫婦がいて、この亭主というのが男伊達の人で、世の中からあふれ出た若い奴らの面倒を見ながら賑やかに暮らしていくんだろうよ」

「それは確かに……」

「それに……。涙で別れを惜しむ馬鹿などがいねえとも限らねえ。こういう奴らの相手をするのがどうも近頃面倒でならねえのさ……」

竜蔵は照れ笑いを浮かべると、前方に聳《そび》える赤城山をうっとりと見上げた。

庄太夫は、はるか歳下の師の横顔を惚《ほ》れ惚《ぼ》れと眺めて頷くと、

「はい、その方がわたしも一日も長く先生と旅ができて嬉しゅうございます」

楽しそうに応えた。

「上州二人旅……。好いもんだな」

「三人旅でもよろしゅうございましたのに……」

庄太夫は、竜蔵の物好きに巻き込まれた後、また二人と離れて沼田を目指す、眞壁清十郎を気遣ったが、

「これで好いんだよ。清さんは、一人で見守るのが好きな男なのさ……」

竜蔵はありがたい友の容《かんばせ》を偲《しの》びながら、暖かな春風を総身に浴びた。

第三話　沼田城演武

一

赤城山、武尊《ほたか》山に囲まれた丘陵の地が沼田の城下であった。

西に利根《とね》川が南北に流れ、その支流である片品《かたしな》川と薄根《うすね》川が真《まこと》にほど好《よ》く取り巻いている。

山川の美しい風景を眺めつつ、峡竜蔵と竹中庄太夫はいよいよこの目的地に到着した。

「まったくもって、目論見《もくろみ》の通りでございましたな」

城閣が見えた時、庄太夫は満足そうな笑みを浮かべたものである。

この日が三月の十四日。

沼田では、土岐家で物頭《ものがしら》を務める宗方喜兵衛《むなかたきへえ》の屋敷に逗留《とうりゅう》することになっていた。

宗方家には十五日に伺うつもりであると伝えてあったゆえに、十四日に沼田へ入り城下で一泊した上で衣服も整え、朝から訪ねる段取りを庄太夫は組んでいたのだ。

途中、高崎であれこれ騒動に関《かか》わったりしたものの、ここまでの行程は庄太夫の思う通りに進んでいた。

「さすがは庄さんだ。好《い》い具合に日が暮れてきたぜ……」

木立に囲まれた道をもう少し行けば宿場に着くはずであった。

「親父《おやじ》も何度かこの沼田には来たことがあって、おい竜蔵、お前もいつか行ってみろ、坂東《ばんどう》武者の息遣《いきづか》いが聞こえてくるぜ……。なんて言っていたが、わかるような気がするよ……」

竜蔵は歩みを速めながら、亡父・虎蔵が楽しそうに沼田のことを話していたのを思い出していた。

峡虎蔵は、若い頃に師・藤川弥司郎右衛門近義《ちかよし》の供をしてこの地を訪れたことがあったそうな。

峡父子の剣の師である直心影《じきしんかげ》流第十代的伝《てきでん》の剣客・藤川弥司郎右衛門は、沼田城主・土岐家の家臣であった。

その父・藤川近知は播州龍野《ばんしゅうたつの》の人で、大坂城代を務めていた土岐頼殷《よりたか》の家臣となった。

土岐家は美濃《みの》国土岐郷を起源とする清和源氏《せいわげんじ》の名族で、頼殿は、大名・沼田土岐家の三代目にあたるが、頼殿侯自身は駿河田中《するがたなか》の領主であった。

それゆえにやがて江戸で剣を学ぶことになる弥司郎右衛門は、駿河で生まれている。

そして、頼殿の跡を継いだ頼稔《よりとし》が上州沼田へ移封されて後、土岐家三万五千石は沼田の領主として定着することになるのだが、直心影流と土岐家の密接な繋《つな》がりを築いたのはこの頼稔であった。

一説によると、沼田土岐家六代・定経《さだつね》が直心影流第八代的伝・長沼四郎左衛門国郷《しろうざえもんくにさと》の剣術を高く評価し、これを沼田家の剣術師範にと望んだところ、

「わたくしはもはや老いておりますれば……」

と、師範代の斎藤正兵衛《さいとうしょうべえ》を推挙し、これを已《おの》が養子分・長沼正兵衛綱郷《つなさと》として送り込んだとある。

しかし土岐家の文書によるとこれは誤伝で、当時、まだ年若かった長沼正兵衛を召し抱えたのは、沼田家が駿河田中の領主であった頃の沼田丹後守《たんごのかみ》頼稔であったとある。

いずれにせよ、まだ幼き頃より長沼四郎左衛門国郷の門下で剣術を学んでいた藤川弥司郎右衛門は、頼稔の武芸奨励のお蔭《かげ》で兄弟子であった長沼正兵衛の指導を心おきなく受けることが叶《かな》い、九代的伝となった正兵衛より第十代の的伝を得たのである。

その後、活然斎と称した長沼正兵衛綱郷も、土岐家当主より江戸で剣術道場を開くことを許された藤川弥司郎右衛門近義も今はこの世にない。

沼田土岐家も、頼稔、頼熙《よりおき》、定経と続いたが、その後の頼寛《よりひろ》、定吉《さだよし》、定富《さだとみ》の三代はいずれも早逝で、今の主は美濃守頼布《よりのぶ》――沼田土岐家第十代となった。

それでも、土岐家剣術師範は長沼綱郷の息・正兵衛忠郷《たださと》が現在も立派に務め、藤川弥司郎右衛門亡き後の藤川家も、第十一代的伝を託された赤石郡司兵衛の後見を得て、直心影流藤川派として土岐家の中でも特別な存在として光彩を放っているのである。

そういう意味において、この沼田は土岐家が入封《にゅうほう》して以来、直心影流にとっての聖地であると言える。

そこへ、浪人剣客である峡竜蔵が、父・虎蔵に続いて足を踏み入れるのであるから、竜蔵にとっては感慨も一入《ひとしお》なのだ。

「まあ、それにこのおれは、沼田のお殿様からの招きで来ているんだからな。ふッ、ふッ、あの世で親父も、お前ごときが小癪《こしやく》なことだと悔しがっているだろうよ……」

竜蔵の足取りは軽かった。

「先生のお父上は、藤川先生のお供の他は、この地へは参られませなんだので……」

庄太夫も負けじと歩みを速めつつ問うた。

「いや、そう言えば何度となくふらりと出かけて、またふらりと戻ってきたような……。もっともあの男は、沼田に限らず方々旅に出ていたからいつの時だか、それが沼田であったかどうかは忘れちまったが……」

竜蔵は少し首を傾《かし》げてみせた。

虎蔵の思い出は断片的だが強烈な印象となって竜蔵の頭の中に刻まれているのだが、その中に虎蔵が息子に語り聞かせた沼田の話は、竜蔵が意気がっていた頃のことで、

——また親父が何やら自慢話をしてやがるよ。

くらいにしか心にとめてなかったきらいがあるが、その後竜蔵がどっぷりと直心影流の中に浸ってから、

「お前の親父殿は、沼田では知らぬ者のないほどの剣術遣いなのだぞ……」

古参の門人には何度か言われたことがあった。

それほどの剣客であるならば、峡虎蔵ももう少し世に名を馳《は》せたはずだ——。

藤川道場の中では、その強烈な性格が災いして峡虎蔵にはあまり関わり合いにならずにおこうと、彼を避ける門人が多かったが、中には熱狂的に支持する者もあった。

どうせそういう虎蔵信者が、その息子である竜蔵をもかわいく思ってそんな風に言ってくれたのだと、当時の竜蔵はそう捉《とら》えていたし、そもそも藤川道場の中では師範

代格であった虎蔵が沼田へ出向いたとしても何もおかしくはないのであるから、さして気にも止めぬままに過ごしてきたのだ。

「だが……。今ここへ来て、よくよく考えてみれば、あの時の峡虎蔵も、今のおれみてえにこの沼田の地にちょっと浮かれながらやって来たのかもしれねえな……」

今となって竜蔵は、もう少し直心影流の昔話など虎蔵に聞いておけばよかったとつくづく思った。

師・藤川弥司郎右衛門は偉大なる剣術師範で、孫と子ほどの年の差があったから、剣の話の他にはほとんど言葉を交した思い出がない。

元より若い時は今の自分の上達に必死であるから、昔のことを知ろうという意欲に欠けるもので、昔話など何するものぞ――なのである。

「まあ先生、人は皆そのようなもので、親や先人のことはその人と同じ年恰好《としかっこう》になって初めてわかるのではありませんかな……」

庄太夫は、沼田への思い入れが募って気が昂《たか》ぶる竜蔵を落ち着かせるように言った。

「うむ……。なるほど、今のおれの歳《とし》の頃に、おやじはよく旅に出ていたからな……」

「先生もそろそろ、今度のことを語り伝えておくべき御子《おこ》を持たねばなりませんな」

「おれに子を……？　はッ、はッ、虎の次は竜で、今度はどんなとんでもねえ子供が生まれてくればいいんだよう」

「さあ、ことの外思慮深い若が世に出るかもしれませぬぞ」

「そうだな、竹中庄太夫という思慮深い爺《じじ》イがついていてくれるからな……」

「またそのように泣かせることを申されまする……」

「庄さん、近頃涙の栓が弛《ゆる》み過ぎだよ……」

「歳はとりたくないものです……」

話すうちに竜蔵の調子もゆったりと大らかなものとなってきた。

辺りはすっかり日暮れて、街道筋の向こうにちらほらと宿場町の明かりが見えてきた。

「この先の小径《こみち》を抜けますると、もう宿場はすぐでございますな……」

庄太夫は、やはり行程に狂いはなかったと嬉《うれ》しそうに前方の道を指した。

そこは枯れた雑木林の間道になっていて、進むにつれて夜の闇《やみ》が濃くなってくる。

庄太夫はいつものごとく、旅用の提灯《ちょうちん》に火を点《とも》そうとしたが、

「庄さん、その松の木に背を向けて立つんだ！」

言うが早く、竜蔵は庄太夫を傍《そば》にそそり立つ松の大樹に押しやったかと思うと、腰

に帯びた藤原長綱《ふじわらながつな》二尺三寸五分（約七十一センチ）を抜き放った。

その刹那《せつな》、雑木林の中から覆面の武士が二人躍り出て竜蔵に斬《き》りつけてきた。

竜蔵は一人の打ち込みを左にかわし、そこへ豪快な拝み斬りをくれてきた今一人の一刀を下から撥《は》ね上げた。

ぶつかり合う刀と刀が、暗い夜道に美しい火花を散らして輝いた。

この間、竹中庄太夫は松の大樹を背にして抜刀しこれを静かに青眼に構えた。今は自分の身を守ることに徹し、決して竜蔵を助けに出ようなど考えない——それこそが得策と判断した。下手な助太刀はかえって竜蔵の技を鈍らせる恐れがあるからだ。

竜蔵は初めの動きで覆面の武士に段違いの腕前を見せつけて、さっと庄太夫の前に背を向けて立った。

「おれを直心影流・峡竜蔵と知っての狼藉《ろうぜき》か！」

竜蔵は一喝をくれたが返答はない。

「どうやら知っているようだな」

竜蔵はニヤリと笑った。

「ありがたいことに命までは取らずにおいてくれるようだ……」

覆面の刺客は二人とも刀を峯《みね》にして構えていたのである。

「そんならこっちも命ばかりは助けてやろう」

竜蔵は言うや己《おの》が刀も峯に返し、斬らぬなら気持ちも楽だとばかりに前へ出て、

「えいッ！」

と、一人の小手を打った。

「うッ……」

こ奴は右の小手を打ち砕かれ、後退した。何とかその場に刀を取り落とさなかったのは、この武士の剣士としての意地であろう。

「おのれ！」

今一人の武士はこの間に竜蔵に迫り刀を振りかぶったが、素早く向けられた竜蔵の剣先の鋭さにその場に固まり動けなくなった。

「先生、御油断めされますな！」

その時、庄太夫が叫んだ。

暗がりの雑木林から新手の覆面の武士が三人現れて一斉に打ちかかってきたのである。

「おっと、いけねえ……」

竜蔵は右、左に体をかわし巧みな身のこなしでこれをよけて、その間に一人の肩を

打ち据えたが、庄太夫と引き離され前後に敵を受けた。

この三人はなかなか遣う。

そしてやはり、皆一様に刀を峯に構えている。どうでも竜蔵の命は取らぬつもりらしい。さらに、庄太夫へはまったく目もくれなかったのである。

これにはいかな、〝年寄りを労《いたわ》るための稽古《けいこ》〟を積んでいる庄太夫とて、じっとしていろという竜蔵の命に甘んじてはいられなかった。

「おのれ！」

自慢のよく通る声を張りあげて、猛然と打って出た。

〝年寄り〟とはいえ、庄太夫も峡道場の板頭《いたがしら》である。今ではその辺りの軟弱な侍よりははるかに腕が立つ。

竜蔵の背後に回り込んだ敵の一人を後退させた。

その隙《すき》に乗じて竜蔵は振り向き様に庄太夫に呼応し、背後の今一人の胴を打った。

「むッ……」

激痛にその一人が屈《かが》み込んだ時――。

「竜殿！」

と、竜蔵、庄太夫が歩んできた道の向こうから旅の武士の声がしたかと思うと、凄《すさま》じい勢いで駆けつつ抜刀し、竜蔵と庄太夫に加勢した。

その太刀捌《たちさば》きは真に見事で、瞬時にして旅の武士の腕のほどを物語っていた。

武士は眞壁清十郎であった。相変わらず、峡竜蔵、竹中庄太夫師弟とは距離を開けつつ彼もまた沼田へ向かっていたのであるが、このような時に駆けつける備えは怠っていなかったのである。

「ふッ、やっぱり来てくれたのかい……」

竜蔵がにこりと笑った時――覆面の武士達は、最早敵《かな》わぬと見たか、竜蔵に胴を打たれて屈みこんでいた一人を助け起こし、雑木林の中へと退散した。

「清さん、放《ほう》っておけば好いさ……」

「左様でござるな……」

相槌《あいづち》を打つ清十郎の傍らで、庄太夫もまた大きく頷《うなず》いた。

不案内な土地の夜のことである。連中を追うのは得策ではないと、竜蔵、庄太夫、清十郎ともにわかっていた。

「清さん、助かったよ」

片手拝みの竜蔵に、清十郎は威儀を正して、

「竜殿ほどの人に、余計なことをいたしましたかな……」

「いや、お蔭で人を斬らずに済んだよ……」

覆面の刺客達は、皆一様に剣術の筋が好く、あのままでは二、三人斬ってしまわねば身を守れぬことになっていたと竜蔵は言った。

「旅先で殺生はしたくないからな」

「いかにも……」

「それにしても、どこへ行ってもおかしな奴らに狙《ねら》われる。まったくついてねえや……」

「とにかく先生、ここを抜けましょう……」

庄太夫が出立を促した。

それから三人は、庄太夫を真ん中にして横並びとなり、注意深く先を進んだ。

その間は庄太夫ばかりが口を開いた。

「どうやら先生が沼田へ入ることを歓迎しておらぬ者共がいるようでござりまする。と申しましても命まで取るつもりはないようで……。これはいったい何のために仕組んだものでござりましょうな。先生に怪我《けが》をさせて何の得があるというのか……。考

えられるとすれば、先生が演武に出られぬようにするという狙いでござりまするが。ふッ、ふッ、己が腕に覚えがあると申しましても、いくら五人がかりであったとしても、あれくらいの腕で先生に怪我をさせようとは傍ら痛いことでござりまするな……」

何かと言ううちに宿場町へと入っていた。

峡竜蔵の行くところ、必ず何か騒動が持ち上がる。とはいえ、沼田到着早々のこの襲撃は、何やら一筋縄ではいかぬ深い闇を孕《はら》んでいた。

二

翌朝。

城下の旅籠《はたご》で一夜を明かした後、沼田城下の侍屋敷街の一隅にある、土岐家物頭・宗方喜兵衛の屋敷を訪れた峡竜蔵、竹中庄太夫は、主《あるじ》・喜兵衛から手厚い歓待を受けた。

「よくぞお越し下されました。先生のお世話をさせていただくことになり、この身の誉《ほま》れと喜んでおりまする……」

「昨夜の内に沼田へ入られたのならば、遠慮のうお訪ね下さればようござりましたものを……」

一旦《いったん》旅籠に泊まり、今日は朝から紋服で訪ねてきた竜蔵と庄太夫を、喜兵衛は会うや大いに気に入ったようである。

宗方喜兵衛は物頭で八十石取り。歳は五十を少し過ぎた頃で、彼もまた長沼正兵衛忠郷や、藤川弥司郎右衛門に直心影流剣術を学んだ遣い手であった。

竜蔵の父・虎蔵にも指南を受けたことがあるゆえに、この度は竜蔵の世話役に選ばれたのである。

その息子・梅之助《うめのすけ》も齢《よわい》二十五で、幼年より直心影流を修め、宗方家の禄《ろく》の他に十五俵の扶持を給され番方へ出仕している。

代々武官として仕える家柄であるのだが、喜兵衛も梅之助も目尻《めじり》が少し下がった温和で丸味を帯びた優しげな顔立ちをしている。

話し口調にもおもしろ味があり、竜蔵もまたたちまち打ち解けて、藤川家を通してあれこれ沼田での便宜をはかってくれた赤石郡司兵衛の配慮に感謝したものである。

しかし、昨夜の一件については竹中庄太夫とも相談の上、竜蔵は宗方家において一切語らなかった。

沼田へ来た早々、世話人に心配をかけたくもなかったし、妙に騒ぎ立てれば土岐侯の気分をも害することになるやもしれぬと思ったからである。

そのことは眞壁清十郎も心得ていて、

「大目付を務める佐原信濃守の家臣が居合わせたとなれば、土岐様の御家中も薄気味が悪いと思われるかもしれませぬな……」

もし、竜蔵、庄太夫の他にもう一人がいて、三人で刺客共を追い払ったのではなかったかと問われた時は、ただの通りすがりの武士が加勢をした後、名も告げずに去ったことにしておいてもらいたいと竜蔵には告げていた。

そして清十郎は、竜蔵の誘いを辞して自分は宿場の旅籠には泊まらずに、佐原家より宿舎と定められた城下の正覚寺《しょうがくじ》に入ったのであった。このあたり、真に眞壁清十郎らしい。

「まず、演武の要領でござるが……」

宗方喜兵衛の説明によると、

「峡先生が編み出された型があるとお聞きいたしておりまするが、まずこれを御庭先にて真剣で御披露願いまする……」

編み出した型と聞いて、竜蔵はいささかこそばゆい思いがして照れ笑いを浮かべた。

赤石郡司兵衛の前で一度披露したことがあり、その時は好評価を得ていたから、それが沼田へも伝わっていたのであろうが、組太刀の相手は竹中庄太夫が務めねばならず、庄太夫の緊張に強張《こわば》る様子がその場を随分と和ませた。

「型が済んだ後は、城内の武芸場にところを替えて、家中の腕自慢の者共相手に立合をお願いしとうござる」

相手はいずれも直心影流を修める三人で、

「長沼先生に、日頃から目をかけていただいている三人でござるが、先生は、峡竜蔵の相手をまともに務めるにはまだ力不足である……。そう申されております……」

とのことであった。

別段、喜兵衛が竜蔵をおだてて言っているわけでもなく、

「楽にお構えいただいて、先生のお力を存分に我が君の前にてお見せ下されぱと思うておりまする」

と、喜兵衛は穏やかな口調で言った。

「いや、長沼先生はそう仰せであったかはしれませぬが、まだまだ我が剣は未熟でござりまする。そう楽に立合えるとは思うておりませぬ……」

これに対して竜蔵は控え目な物言いをしたが、

「何の御謙遜《ごけんそん》でござろう。某《それがし》はまだ若き頃の団野源之進先生と立合うたことがござる

が、その頃はいささか腕に覚えがあった某がまるで歯がたち申さなんだ。その団野先生が是非にと仕合を望まれた峡先生のこと。恐るべき剣を身に備えられているという
は明らかでござるよ……」

喜兵衛はそう返して一笑に付した。

そして、竜蔵のために用意してあった防具一式を若党に運ばせると、悪童のような笑みを浮かべて、

「防具を体に馴染《なじ》ませるために、まず、ほんの少しでよろしゅうござるゆえ、某と倅《せがれ》めに稽古をつけて下さりませぬか……」

と、頭を下げた。

「お易《やす》いことにて……」

竜蔵が快諾すると、

「これぞ役得……！」

とばかりに、夕刻となって梅之助が出仕から戻ってくるや、庭へ出て立合った。

宗方父子はそれぞれなかなかの遣い手であったが、今脂の乗っている竜蔵に敵うはずもなく、一本もとれぬうちに、

「いやいや、頭の中に思い描いていたよりなお恐るべき腕でござる。真に感服仕《つかまつ》っ

てござる……」

満足そうに竹刀を引っ込めたのである。

土岐美濃守への目通りは明日八ツ刻と決まり、その日は宗方家の広間にて山菜料理に水沢《みずさわ》うどんが振舞われた。

水沢うどんは古くから小麦作りの盛んであった上州にあって、水沢山から湧《わ》き出た水との抜群の相性によって生まれた逸品で、こしのあるうどんを胡麻《ごま》だれや醤油《しょうゆ》だれで食べるのであるが、

「うむ、これはまた酒との相性もようござりますな……」

竜蔵はうまいうまいと夢中で笊《ざる》に三杯を食べ、庄太夫はしきりと喜兵衛の妻女にその製法などを訊《たず》ねたものだ。

雄大な山々に囲まれた沼田の地は、正しく〝坂東武者の息遣いが聞こえる〟がごときであり、この宗方家の屋敷内も隅々まで廊下、柱が磨きあげられ深い光沢を放ち、木訥《ぼくとつ》な古武士が醸す温《ぬく》もりに充《み》ちていた。

土岐侯への目通りの後、演武の詳細も決まるとのことであるが、型と立合も宗方喜兵衛の話によると何案ずることなく務められるようだ。

これで自分も土岐家との関わりも出来て、直心影流でのしっかりとした足場も固ま

りそうである。

竜蔵はそれが何とも嬉しくて、宗方家での最初の一日を幸せな気持ちで過ごした。

宗方喜兵衛の鷹揚《おうよう》な人柄に接するうちに昨夜の襲撃の一件は記憶の彼方《かなた》へと追いやられつつあった。

だがそれは何度も争闘の中に身を置き、命のやり取りをしてきた峡竜蔵であるからこその豪胆さであって、竹中庄太夫はというと、一見平穏そのものに見えるのはこの宗方家の中だけのことであり、明日城内へ入った瞬間からは、また新たな波風が峡竜蔵に押し寄せてくるのではないかと緊張を覚えずにはいられなかった。

それは今頃正覚寺の宿坊にあって、酒も飲まずに明日の務めに備えているであろう眞壁清十郎とて同じであろうと思うのである。

このように、絶えず人に想《おも》われ、心配をされることもまた、峡竜蔵の強味であり彼が天から授かった人間としての恵みなのであろうか——。


その翌日。

峡竜蔵は竹中庄太夫を供に、宗方喜兵衛に案内され登城した。

沼田城と言えば、戦国の世に名を残した真田《さなだ》家縁《ゆかり》の城である。

徳川家康《とくがわいえやす》の天敵であり、小大名でありながら人に恐れられた真田昌幸《まさゆき》の嫡男信之《のぶゆき》は、父と弟・幸村《ゆきむら》と別れ、関ヶ原の役の折は徳川方に与《くみ》したことによって、六文銭真田家の命脈を後世に保った。

その真田信之の居城として栄えた沼田城にはかつて五層の天守が築かれていたと物の本にある。信之が信濃松代《しなのまつしろ》に転封となって後、沼田城は真田家から分知独立した真田信利《のぶとし》が城主となったが家政不届きを理由に改易となった後、この沼田城は取り壊された。

その後、天領となった時代を経て、本多《ほんだ》、黒田《くろだ》、土岐家が次々とこの地に入封したので、その間に沼田城は再建されたわけだが、昔の威容はどこにもなく、城というよりは館《やかた》のごとき殿舎を中心にした政庁がここに形成されていた。

それゆえに、戦国の頃の歴史に思いを馳せていた峡竜蔵にとっては、

「存外に小さなものよ……」

と、思わず口から洩《も》れるものであったが、それでもかつて群雄割拠していた戦国武将達はこのような小城を振り出しに世へ出たのかと想像させ、これはこれで竜蔵にとっては随分と物珍しかった。

かつての五層の天守はどこに建っていたかも知れぬが、土岐侯が住まう居館は一際

高くなった台地の上に築かれていて、櫓《やぐら》と土塀がそれを取り囲んでいた。

御殿中奥にある書院に土岐美濃守はいた。

玄関を入り式台の控えの間に庄太夫は待ち、裃《かみしも》姿の竜蔵はいささか緊張の面持ちで御殿の廊下をさらに進んだ。

この裃は佐原信濃守が今日のことを知り、竜蔵に贈ったものである。ゆえに小袖《こそで》には峡家の巴《ともえ》紋が入っているが、裃には佐原家の三つ星紋が入れられている。

このようなところにまで、峡竜蔵はおれの先生であることを忘れてもらっては困るという佐原信濃守の想いが表れていて、竜蔵はそれが誇らしくもあり、男として素直に嬉しかった。

宗方喜兵衛は竜蔵を伴い書院の広間に入るとにこやかに頷いた。

しばしそれにて控えていると、やがて土岐美濃守が上段の間に現れ、二人は恭しく平伏した。

「直心影流・峡竜蔵殿をお連れ申し上げました……」

喜兵衛が言上すると、

「うむ、大儀であったな……」

美濃守はさらりと労《ねぎら》いの言葉をかけた。

若い爽《さわ》やかな声であった。殿様の気負いも驕《おご》りもなく、家来に対して実に親しげである。竜蔵はこの一声で三十一歳の土岐侯に心を惹《ひ》かれた。

三万五千石の小大名家ゆえに、家来との関係も密接であるのだろうが、それも美濃守の飾らぬ人柄がそのような家風を形成しているのだと思われた。

「よくぞ参ったな、峡竜蔵先生……」

すると美濃守はいきなり竜蔵を先生と呼んで驚かせた。

「こ、これは……。峡竜蔵にござりまする。先生などとは畏《おそ》れ多いことでござりますゆえ、どうかお許し下さりませ……」

そういう竜蔵の慌てぶりを楽しむように、

「先生は誰にとっても先生ではないか。ふッ、ふッ、演武は三日後といたそう」

「畏《かしこ》まってござりまする」

「楽しみにしておるぞ」

「ははッ……」

「身共にも、家中の者にもあれこれと教えてやってくれ」

「わたくしに務まることでござりますれば何なりとお申しつけ下さりませ」

「うむ、それはありがたい。演武のことは喜兵衛から聞いたか」

「三人の者との立合、剣とはこのようなものであると体に覚えさせてやってくれ」

「承りました」

「さらにもうひとつ、頼みたいことがある」

「畏まりました」

「三人と立合うた後、今一人立合うてもらいたい相手がいる」

「はい」

「その儀もまた、畏まりました」

竜蔵はきっぱりと応《こた》えたが、その言葉を聞いた途端、宗方喜兵衛の顔が曇った。

「その相手は神道一心流《しんとういっしん》・坂上由利之助《さかがみゆりのすけ》という剣術師範じゃ」

「神道一心流……、坂上由利之助……」

怪訝《けげん》な表情を浮かべる竜蔵を見てとって、

「殿……、その立合は何卒《なにとぞ》……」

喜兵衛が美濃守を諫《いさ》めるように言上した。

「喜兵衛、そちの想いは承知の上じゃ。さりながらこの先生を一目見た途端に、長年溜《たま》った膿《うみ》を出し切ってもらいとうなった……」

それを美濃守は目で制し、静かに諭すような口調で言った。その姿からは大名家の当主である威厳が晃々《こうこう》とした光となって放たれていた。

それを感じた時、竜蔵は美濃守の言葉の意味がわからぬままに、

「峡竜蔵は演武をいたしに参っております。相手がどなたでありましょうが、お殿様の仰せとあれば是非もございませぬ。喜んで立合わせていただきましょう……」

きっぱりと言い切っていた。

「うむ、聞きしに勝る先生じゃ。喜兵衛、演武の日まで、しっかりと世話をいたせ……」

美濃守は大きく頷くと、ただそれだけを言い置いて広間から立ち去ったのであった。

三

土岐美濃守への目通りを終えた峡竜蔵は、控え所で待っていた竹中庄太夫を従え、宗方喜兵衛と並んで御殿を出た。

美濃守はまず好感の持てる殿様であった。

しかし、今一人立合うことを所望された神道一心流の剣客・坂上由利之助のことは当然気にかかった。

誰に立合を望まれようが用意に怠りのない竜蔵であったが、そのことに難色を見せ

た宗方喜兵衛。それに対して、美濃守が発した言葉――。

「……この先生を一目見た途端に、長年溜った膿を出し切ってもらいとうなった……」

気にならぬはずはない。

喜兵衛は、竜蔵に要らぬ屈託を与えてしまったと、不用意にあの場で口を挿《はさ》んでしまったことを悔んでいるかのような面持ちで、しばし無言で曲輪《くるわ》の内を歩いた。

そんな喜兵衛の想いを竜蔵はよくわかったので、彼もまた何を訊ねるわけでもなく、無言で喜兵衛について歩いていた。

しかし、その場にいなかった竹中庄太夫にはその沈黙の意味がまったくわからず、もしや美濃守への目通りが不首尾に終ったのではあるまいかと、不安な表情を浮かべている。

城門が見えた所で、頭の中の整理が出来たのか、喜兵衛は普段の穏やかな表情となって、

「殿のお覚えめでとうござった由、何よりのことでござった……」

まずそう言って庄太夫を安心させた。

「それならばようござりましたが、今一人相手にするようにと承り、お殿様におかれ

ましては、殊の外剣術に御造詣が深い由、感服仕りました……」

竜蔵はさらりと応え、なおかつ探りの言葉を入れてみた。

これを庄太夫は興味深く聞いている。

「さて、そのことでござるが……」

喜兵衛は続けた。

「神道一心流のことは、某が申し上げるまでもなく御存知でござりましょう」

「無論知っておりまする。櫛淵《くしぶち》弥兵衛先生は直心影流と縁が深いお方でござりますれば……」

「さらに、この沼田の地と関わりが深いということも」

「なるほど、左様でござりましたな……」

「御家の剣術師範は長沼正兵衛先生、家中にはかの藤川弥司郎右衛門殿がいた当家は、直心影流を御家の流儀と定めておりまするが、代々の殿は剣術好きにて、直心影流に留《とど》まらず色々な流儀を会得することもまた好しと、これを奨励なされました……」

「なるほど、そこに神道一心流があったわけでござるな」

「いかにも……」

神道一心流は櫛淵弥兵衛が創設した剣法である。

櫛淵家は戦国の世に四国阿波《あわ》で三好長慶《みよしながよし》に属する武家であったのが、長曾我部《ちょうそかべ》氏の台頭により、阿波を出て上州に土着したという。

弥兵衛の生家は篤農家であったが、百姓とはいえ武人の家の伝統を受け継ぎ、代々、戦国の剣豪飯篠長威斎《いいざさちょういさい》から学んだ神道流を家伝としていた。

弥兵衛もまたこれを受け継いだのだが、剣技抜群で、土岐家の臣・秋尾善兵衛から微塵《みじん》流をも習得したのである。

この秋尾善兵衛は微塵流の達人であったのだが、江戸において直心影流長沼道場で学び免許を得、土岐家家中の士に直心影流を広く伝授したことでも知られる。

善兵衛はその息にも直心影流を習わせ、長沼道場の内弟子にしたほどであるから、櫛淵弥兵衛の腕を見込んで彼をして微塵流を大成させておきたかったのであろう。

弥兵衛はこれに見事に応え、微塵流を発展させ神道一心流を創設したのである。

弥兵衛の剣術修行はこれに留まらず、師・秋尾善兵衛が修めた直心影流をも習い、江戸へ出て稽古に励んだ。さらに戸田《とだ》流薙刀《なぎなた》術、宝蔵院《ほうぞういん》流槍《そう》術も学び、神道一心流に取り入れたというから凄じい。

そのような櫛淵弥兵衛のことである。土岐家家中の中にも彼の信者が数多《あまた》現れた。

だが弥兵衛は土岐家の御家流である直心影流への遠慮もあったのであろうか、神道一心流創設後まもなく江戸へ出て、寛政元年（一七八九）に直心影流藤川道場にほど近い下谷御徒町《したやおかちまち》に道場を開き、その剣名を大いに轟《とどろ》かせた。

その後、一橋《ひとつばし》徳川家に召し抱えられ、櫛淵弥兵衛自身の沼田との関わりは薄らいだ。

竜蔵自身、直心影流とは深い繋がりのあった櫛淵道場で何度か稽古をしたこともあったが、沼田土岐家と神道一心流が、そこまで深い関わりがあるとはさのみ知らなかったのである。

それでも弥兵衛の弟子は未《いま》だ沼田に多くいて、城下には神道一心流の剣術指南をする稽古場もあった。

「その剣術師範が、坂上由利之助殿というわけでござる……」

喜兵衛は少し苦笑いを浮かべて言った。

「なるほど、何とはなしに様子が呑《の》み込めて参りました……」

竜蔵は神妙に頷いた。

口には出さなかったが、土岐家家中には神道一心流こそが土岐家の御家流に相応《ふさわ》しいと信じる者がいて、今度演武に来る峡竜蔵などは聞いたこともない剣客ゆえに、この坂上由利之助と立合わせてみればおもしろい。ここはひとつ美濃守にその案を勧めてみようではないか——そんな者がいるのやもしれぬと竜蔵は思ったのである。

喜兵衛は竜蔵の想いを読みとったかのように、

「人は大勢寄り集まると、明らかに右へ道が続いていると知りながらも、左へ行った方がその先に近道があるのではないか、などと異を唱えたがる類《たぐい》が出てくるものでござる……」

やれやれといった表情を浮かべた。

話を聞くうちに、大よその流れを摑んだ竹中庄太夫はさすがに不快になり、

「来たる演武で、美濃守様の御前にて峡先生を打ち倒し、神道一心流を盛り立てようとする御方がその左へ行きたがる口でござりまするか……」

宗方喜兵衛の喩《たと》えを取り上げて、彼にしては珍しく気色ばんだ物言いをした。

「庄さん、人が何を思おうと勝手だよ。この峡竜蔵はただ黙々と立合うだけのこと」

これを竜蔵は窘《たしな》めて、にこやかに喜兵衛を見た。

「お殿様はお優しそうな御方でござりました。それゆえ、神道一心流を推す御家来衆もまたお大事になされておいでなのでござりましょう」

「そのように思うて下されるとありがたい。某の見たところ、我が君におかれては峡竜蔵という剣客をして、神道一心流を土岐家に入れたがる家来共の口を塞《ふさ》いでしまおうとのお考えかと……」

それが長年溜った膿を出すことだと美濃守は言いたかったのだと喜兵衛は説いた。

「某にもそのように聞こえましてござる……」

竜蔵は内に闘志を燃やしながら静かに応えた。

喜兵衛はしっかりと頷いた。日頃温和なその顔がぎゅッと引き締まった。そこから喜兵衛が若き頃に修めたという直心影流剣術の凄味《すごみ》が伝わってきた。

「峡先生、某の見たところでは、坂上由利之助は三人の立合の相手よりははるかに歯ごたえはあるようにござりますぞ」

「それは楽しみにござる。かくなる上は是が非でも、立合においては打ち負かさねばなりませぬな」

「存分に直心影流の力を見せつけておやりなされませ……」

喜兵衛は力強く言ったが、その時、城門の外から小者を従えた土岐家家中の者がやって来る姿を認めて、

「あれは某と同じ、物頭を務める中谷《なかたにく》九八郎《はちろう》と申す者にござる。あ奴も神道一心流を修める一人でござるよ……」

今度は低い声で告げた。

恐らくはこの中谷九八郎も、主君・美濃守に己が師・坂上由利之助を演武に呼んで

もらいたいと直訴した一人に違いないと、喜兵衛は言う。

中谷九八郎は古兵《ふるつわもの》然とした風情を醸しつつ悠然と歩いて来る。歳の頃は宗方喜兵衛より二、三歳下であろうか、衣服は地味目の色合であるが、それも意識して武骨にしている意図が窺《うかが》い見られた。

「おう、これは宗方殿……」

中谷は目敏《めざと》く喜兵衛の姿を見つけると、足早にやって来て、竜蔵をじろりと見た。

「さてはこの御仁が峡竜蔵殿でござるな……」

偶然を装っているが、宗方家にこの度演武に訪れた峡竜蔵なる剣客が逗留していると聞いて、値踏みをしに来たようである。

「峡竜蔵でござる……」

竜蔵はいつもの愛敬《あいきよう》のある名乗りは封印して、少しばかり睨《にら》みつけるようにして中谷に接した。

「中谷九八郎と申す……」

これにやや気圧《けお》された中谷は、努めて平静を装い、自らも名乗ると、

「某も演武の席には御相伴にあずかりまするゆえ、大いに楽しみにいたしておりまするぞ。ふッ、ふッ、とかく田舎の武士は江戸仕込みの涼やかなる剣術を僻《ひが》んだ目で見

るものでござる。むきになってかかってくる者がいたとしても、御愛敬と思うて下され。わァッ、はッ、はッ……」

中谷は豪快に笑ってその場を立ち去ったが、江戸の剣客何するものぞという言葉が端々に顔を覗《のぞ》かせていた。

「さぞかし、その神道一心流をしっかりとお修めになった御方なのでござりましょうな……」

庄太夫は中谷九八郎を見送り皮肉に言った。

竜蔵をくさされたようで、今日の竹中庄太夫は機嫌が悪い。

「確かにあ奴は修め申した。山籠《やまごも》りをするとて赤城山へ登り、いきなり坂道で転がり落ちて、炭焼き小屋から運ばれる炭と一緒に戻って参ったほどに……」

「馬鹿でござりますな……」

すかさず竜蔵は真顔で返した。

「まず、見かけ倒しという言葉は、あの男のためにあるような……」

これに喜兵衛も鹿爪《しかつめ》らしく応えて三人の顔が綻《ほころ》んだ。

「さて、今日はこれから武芸場などを御覧いただいた後、城下を御案内仕ろう。川魚を食べさせる、ちょっと好い店があって、ここで一献酌《く》みましょう」

「ほう、それは楽しみでござる」

「山女魚《やまめ》の塩焼きもよろしいが、そこの煮付はまた格別でござってな……」

山間《やまあい》から吹き下ろす風にも、ようやく暖かみが出てきた沼田の地であったが、ほのぼのとした笑いに包まれたのも束《つか》の間《ま》、やはり峡竜蔵に吹きくる厳しい風はさらに所を替えて待ち受けていたのである。

四

宗方喜兵衛に、その息・梅之助が接待役に加わり、竜蔵はそれから城の内外を案内された。これに竹中庄太夫が付き従う。

どこへ行ってもそこには山と川があり、江戸にはない自然の恵みが竜蔵の体に力を与えてくれたような気がした。

演武場の庭先は武芸場の一画にあり、そこからそのまま稽古場へ移動出来る造りとなっていた。

稽古場の床も壁の色も好い風合で、いかにも武芸熱心な御家の様子が窺われた。

——あの親父もここへ来て、武者震いのひとつもしたのであろうか。

剣の腕には自信があるが、庄太夫一人を連れて見知らぬ土地へやって来てその地の剣士達に取り囲まれる緊張は、竜蔵自身が初めて覚えるものであった。

峡虎蔵とて自然体でいられたかどうか、それを今竜蔵はふと思ったのだ。

「さて、むさとした所からは早々に退散いたしましょう……」

そんな竜蔵の心の内を斟酌《しんしゃく》するでもなく、若き宗方梅之助は、はきはきとして踊るような足取りで、竜蔵と庄太夫を城下の町へと案内した。

喜兵衛といい梅之助といい、真に挙作動作が明るくてよい。

特に今は、梅之助の細かいことを気にさせない若さが竜蔵にはありがたかった。お蔭で喜兵衛が勧める料理屋へ行くまでは、実に心地よく一時屈託を忘れることが出来た。

土岐家剣術師範である長沼正兵衛へ、土岐侯に召され演武に行く報告に上がった時――。

「竜蔵殿、おぬしは直心影流の剣術を遣う者の中にあって、並ぶ者無き腕となった。だがひとつだけおぬしの敵がある。それはおぬしの若さじゃ……」

正兵衛は竜蔵にそう助言した。

既に峡竜蔵も三十四歳となった。しかし、人の品定めに時を費やす者共の目から見ると三十四はいかにも若い。

そしてそのような者共に限って、人の才を見ずに、歳を見たがるものだ。

では、歳を重んじる者が、それなりの歳を経て世に出てきたかというとそうでもない。多くの者が若い頃に世へ出て、長じて後には若い者を認めたがらない。

とどのつまり、人が世に出るためには、必ず已が若さを克服せねばならぬことになる。

剣技抜群とはいえ、名も知らぬ若き剣術師範が、次期的伝者と目されていた団野源之進と並び称されることに、初めから疑問を持つ者とているであろう——。

「かく言う身共も、父である先代正兵衛の跡を継ぎ、土岐家剣術指南役を務めた当初は、倅というだけで父に劣ると思われたものじゃ。だが、剣術師範たる者、自分を認めようとせぬ者がいるからとて、そ奴らを片っ端から叩き伏せるわけにもいかぬ。とどのつまりは歳を取りながら、ひとつひとつ、人の壁を乗り越えていくしか道がないということじゃ……」

正兵衛は竜蔵にこのようなことを言った。

竜蔵はその言葉を、この先同じ直心影流において師範として生きていかねばならない自分へのありがたい教えと受け止めた。

剣の力があるだけでは立派な師範として人は見てくれない。ましてや自分ではどうしようもない歳のことまで言われては堪《たま》らない。しかし、認めてくれる者もいれば、何かと理由をつけて認めようとしない者もいるのが世の中なのだ。

今の年齢で土岐侯から招きを受けたことは、剣客としてこの上ない栄誉なのであるから、少々の軋轢《あつれき》は付き物であると心得よ――そう心に受け留め、何があっても短気を起こさず、淡々として演武に臨もうと思って竜蔵は江戸を出た。

そういう竜蔵の想いに赤石郡司兵衛は大いに満足してくれた。

峡竜蔵を心地好く演武に送り出そうとしてくれている宗方父子の心尽しに深く感謝しながら、竜蔵は料理屋の暖簾《のれん》を潜《くぐ》ったのであるが――。

既にその店の入れ込みの座敷には多くの客がいて、店へと入った竜蔵を一斉に睨むように見た。客は一様に屈強の武士である。

その刹那。

「申し訳ございませぬ。河岸《かし》を替えることといたしまする……」

宗方喜兵衛が竜蔵に耳打ちした。

しかし、それを予め《あらかじ》見越していたかのように、武士の一人が立ち上がって、

「席は空いてございますれば、どうぞお入り下され……」

低く唸《うな》るような声で言った。

喜兵衛はたじろいだが、

「それとも、我らが傍にいると、酒がまずうなりますかな……」

四十絡みのこの武士は武芸者のようである。その口調には有無を言わさぬ迫力があった。

こう言われては逃げ出すわけにもいかない。

「山女魚の馳走に与《あずか》りましょう……」

竜蔵はにこやかに喜兵衛に頷くと、元より宗方様御席として店の者が用意してあった空席に上がった。

喜兵衛はしまったという表情を浮かべつつ竜蔵と共に席に着いた。いささか気色ばんだ面持ちの梅之助が庄太夫を促してこれに続いた。

店の女将《おかみ》が申し訳なさそうに、注文を伺いに出てきた。十人ばかりで店へやって来た武士達を断るわけにはいかなかったようである。

喜兵衛はこれに、気にすることはないと目で語って酒と山女魚の煮付をまず注文したが、気まずい沈黙がしばし続いた。

この武士達が何者であるかの見当はついているが、周りを囲まれているこの席で下手に語ればおかしな雲行になりかねない。その配慮が竜蔵にも庄太夫にもありありとわかった。

しかし、その沈黙をすぐに先ほどの武士が破った。

「これはお騒がせいたしております……」

詫《わ》びの印だと言って酒器を手に、竜蔵達が囲む席にやって来たのである。

その遠慮のない立居振舞に、若い梅之助は顔面を紅潮させた。

竜蔵はそれを目で制して、

「お心遣いは御無用に……」

丁重に酒を固辞したが、

「それでは某の気が済み申さぬ。いや、申し遅れました。某は土井《どい》幹右衛門《みきえもん》と申す者にて、神道一心流・坂上由利之助先生の許《もと》で師範代を務めております る」

構わず武士は名乗った。

喜兵衛は思った通りだと苦い顔を浮かべたが、土井はどこまでも遠慮がない。

「お見受けしたところ、御貴殿は直心影流・峡先生ではござりませぬかな」

と、問うてきた。

「土井殿とやら、無躾《ぶしつけ》でござるぞ」

さすがに喜兵衛も肩を怒らせた。

竜蔵はそれでも気を落ち着けて、喜兵衛に気遣い無用と頷くと、

「いかにも、峡竜蔵でござる」

にこやかに応えた。

「やはり左様でござったか……。おい！　おぬしらもお近付きに盃《さかずき》を頂戴《ちょうだい》しろ！」

土井はまた無遠慮に、坂上道場の門人達に声をかけると、ぞろぞろと竜蔵の席に寄ってきた門人達を見廻《みまわ》して、

「先生と立合われるほどの御仁じゃ。お言葉のひとつかけてもらうがよいわ」

と高らかに笑った。

「無礼であろう！」

ついに梅之助が吠えた。

竜蔵は目で制したが、梅之助の勢いは止まらなかった。

「峡先生は、我が君がお招きになられた御客人でござるぞ。その御方に対して何たる傍若無人……。これは当家を愚弄《ぐろう》するに等しき所業でござろう！」

「これは申し訳ござらぬ……」

土井幹右衛門は若い梅之助を小馬鹿にしたような表情を浮かべて頭を下げたが、

「峡竜蔵先生のお父上は、何事にも遠慮のないお方でござりましたゆえに、その御子

息の先生ならば、お許し下さると思うておりましたが、どうやらそうではないようにござるな……」

「某の父がどうしたと申される……」

父の話を出されて、竜蔵は聞き捨てならぬと土井に向き直った。

「ほう、御存知ないか。峡虎蔵が我が師に働いた無礼を」

これに土井の語気も強くなった。

「黙れ！」

今度は喜兵衛が立ち上がった。

「喧嘩《けんか》を売りにこの店へ来たのならば、土岐家物頭・宗方喜兵衛が相手になってやろう。表へ出い！」

「何だと……」

これに、坂上道場の門人達も気色ばんで立ち上がった。

梅之助は父に従い立ち上がった。庄太夫は、竜蔵に喧嘩をさせてはならない――その思いで立ち上がった喜兵衛の気持ちがわかるだけに、くれぐれも短気は御無用にと竜蔵の袖を引いた。

その時であった。

「止《や》めぬか！」

料理屋に新たな客が現れて、土井達を叱責《しっせき》した。

「先生……」

土井は決まりが悪そうに下を見た。

「坂上由利之助でござる……」

客は来たる演武で竜蔵と立合うことになっている神道一心流の剣客・坂上由利之助であった。

由利之助は宗方喜兵衛に対して小腰を屈めたが、

「峡竜蔵にござる……」

と、威儀を正した竜蔵には一瞥《いちべつ》をくれただけで、

「参るぞ……」

そのまま踵《きびす》を返すと、門人を引き連れて立ち去った。

「なかなか倅は大人しいようだ……」

その際、土井幹右衛門は忌々《いまいま》しそうにぽつりと言った。

「申し訳ございませぬ……」

喜兵衛は怒りを抑えて、梅之助と共に竜蔵の前に手をついた。

「おやめ下さりませ……」

竜蔵はそれに労るように応えると、

「話すまいと思うておりましたが、我ら沼田に入った折のこと。何者かの襲撃を受けてござりまする……」

先日の一件について打ち明けた。

「何と……。そのようなことが……」

「やはりこの峡竜蔵を憎む者がこの沼田にはいたようにござりまする。しかも、今の話によると、父・虎蔵がこのことに絡んでいるような……。宗方殿はかつて父と会われたことがあったはずでござる。何かこの因縁について御存知ならば、何卒、教えて下されませぬか……」

竜蔵に真《ま》っ直《す》ぐな目を向けられて、喜兵衛はたじろいだが、

「梅之助、鍋《なべ》に山女魚の煮付を入れてもらえ。屋敷へ戻ってからこれを温め一杯やるほどに……」

「畏まりました」

喜兵衛は梅之助に持ち帰りの手配をさせて、竜蔵に大きく頷いた――。

五

「今から十五年……いや、もっと前のことになりましょうか……」

宗方喜兵衛は屋敷へ戻ると、女中に命じて山女魚の煮付を温めさせた。さらに小鉢物を見繕わせて酒と共に自室へ運ばせ盃を重ねつつ、峡竜蔵に昔起こったある騒動について語り始めた。

竹中庄太夫と梅之助はただ黙って給仕役に回り、喜兵衛の話に耳を傾けていた。

「神道一心流を編み出された櫛淵弥兵衛先生が江戸へ出て修行をなされていた頃のことにござる」

直心影流花盛りの土岐家にあって、直心影流を取り入れた神道一心流は斬新《ざんしん》に映ったのであろうか、弥兵衛に教えを請う者が続出した。

しかし弥兵衛の目は将軍の御膝下《おひざもと》である江戸に向いていた。年齢的にも剣術師範として名を上げるには、ちょうど好い頃合となっていたし、この機を逃して田舎剣客のまま終わりたくなかったことは頷ける。

その上に、櫛淵弥兵衛は剣の師・秋尾善兵衛が直心影流を土岐家家中に広めている関係上、直心影流と無用の軋轢を生むことを避けたかった。何よりも弥兵衛自身が直心影流の師範達に多くを学び、信奉していたのであるから、土岐家の家臣達に熱狂的に迎えられるのもいささか迷惑であったのだ。

とはいえ、神道一心流は沼田に縁の深い流派であるから、弥兵衛は城下の稽古場を優秀な弟子・坂上重太郎《じゅうたろう》に任せ、上州を出て江戸での新たなる修行に精を出したのである。

「その、坂上重太郎が由利之助の兄でござった……」

重太郎は櫛淵弥兵衛と同郷の富農の息子で、弥兵衛に憧《あこが》れて弟子となり、天賦の才が開花して、たちまち弥兵衛が頼むところの師範代となった。

弥兵衛から沼田の稽古場を任されたのはまだ三十にもならぬ時であったものの、重太郎には独特の威風があり、稽古法も実践的で、彼もまた土岐家家中の人気を集めた。

弥兵衛から稽古場を託されたという気負いが重太郎を強くしたが、その気負いが高じて、

「他流と競わず、黙々と神道一心流の極意を求めるように」

という師の教えから次第に逸《はぐ》れて、この地を神道一心流の色に染めようとし始めた。

すなわち、直心影流に取って代わろうとしたのである。重太郎には弥兵衛のような、直心影流への恩義も思い入れもなかった。

直心影流を修める土岐家の家臣達に挑発的な態度を取り、相手が仕合を望むのを幸いに次々と打ち倒していった。

元より神道一心流に傾倒する家中の士は多く、重太郎の挑戦的な態度を容認し、素晴らしい剣客であると喧伝《けんでん》する者まで現れた。

「世間というものはいつの世も新しい物にとびつきまする。その評判は前《さき》の殿のお耳にも入り申した」

「神道一心流に親しむ家中の方々がお殿様に、あれこれと吹き込まれたのでしょうな……」

庄太夫が喜兵衛に訊ねた。

「いかにも……。時勢というものは、時に誤った評判を生んでしまうものでござる……」

「前の殿はどうなされたのでしょう」

今度は梅之助が訊ねた。その当時はまだ幼なかった梅之助世代の若侍達には、既に風化していてよくわからない事柄になっていたのだ。

「武芸がお好きであられたゆえ、一度御前に召して演武をさせてみようかと仰せになられた……」

当時の主は当主・美濃守頼布《よりのぶ》の兄・定富《さだとみ》であった。兄・定吉の早逝によって家督を継いだのであるがこの時僅《わず》か十五歳。多分に家臣達の強い勧めがあったと思われる。

これに、神道一心流の信奉者達は大いに喜び、土岐家に新たな指南役が生まれるかもしれぬという風評を盛り上げた。

しかし定富とて直心影流を修める身である。

このことを土岐家家臣である長沼、藤川という直心影流大師範へ問い合せることも忘れなかった。

これを受けた藤川弥司郎右衛門は気色ばんだ。国表より坂上重太郎なる剣客の傍若無人ぶりが耳に入っていた上に、師範である当代の長沼正兵衛を気遣ったのだ。

活然斎を名乗った先代の正兵衛は既に亡くなり、跡を継いだ正兵衛も師範としての威徳は充分に備っていたのであるが、この時ちょうど体調を崩していた。

坂上重太郎と、神道一心流信者の土岐家家中の者はこの間隙《かんげき》を衝《つ》いて、土岐家家臣の中では新参である長沼、藤川など何するものぞと旗を揚げたのに違いない。そう思われたからである。

弥司郎右衛門は、まず懇意にしていた櫛淵弥兵衛にこれを伝えた。弥兵衛は、日々の多忙に紛れて沼田での様子を知らなかったのでこれに驚いた。

慌てて坂上重太郎に文を認《したた》め、直心影流剣術をないがしろにし、これと争うようなことがあってはならぬと伝えたものの、

「ないがしろにしたことも、争うつもりもござりませぬ。わたくしはただ己が剣に励み、望まれるがままに仕合をお受けしただけのことでござりまする。さらにお殿様からのお召しとなれば、わたくしには是非もござりませぬ」

などという返事がきた。

文そのものは、師への真にへりくだった文言で綴られてあったが、弥兵衛は何やらただならぬものを覚えた。

神道一心流を担ぎ上げる沼田の武士達によって、祭の神輿《みこし》の上に乗せられ酔っているかのような重太郎の様子がそこから漂っていたからだ。

祭というものは盛り上がりもするが、すぐに終ってしまった後は、また次の祭に人々は夢を抱くものである。

しっかりと地に足をつけて修行に励まねば、坂上重太郎程度の剣客ならば、すぐに神輿から落とされてしまうと弥兵衛は見た。

それは藤川弥司郎右衛門も同じ意見であったのだが、坂上重太郎が言うように土岐侯が御前に召したいと思われるのであれば、家臣としてこれに異を唱えるわけにはい

かない。

御前に召した上で、それを見極めるのは定富公なのであるし、その時は長沼正兵衛か藤川弥司郎右衛門を列席させることにもなろう。

ここは様子を見るしかないということになった。

しかし、坂上重太郎の生家は沼田領内の富農で、土岐家の老臣なども一目置く存在である。どこからか定富公に進言が入るかもしれない。

弥司郎右衛門は主家の剣術に絡むことだけに、何やら落ち着かない想いのまま時を過ごした。

「そのような折に、ふらりと峡虎蔵先生が、沼田に現れたのです……」

「親父殿が……」

竜蔵には何やら話の展開が読めてきた。

「藤川先生のお顔の色を読んで、浪人者の気楽さゆえのことと、坂上重太郎の値踏みをしに参った……」

「いかにも左様で……」

宗方喜兵衛は、当時の虎蔵の飄々《ひょうひょう》としてかつ総身に凄味を湛《たた》えた雄姿を思い出して、思わず口許《くちもと》を綻ばせた。

喜兵衛はそれまでに二度、虎蔵と会っている。一度は剣技優秀を主君に賞され、江戸での剣術修行を命ぜられた折に、二度目は藤川弥司郎右衛門の供で沼田城の武芸場に虎蔵が来た折に――。

歳は虎蔵の方が上であったが、虎蔵はどこか洒落《しやれ》っ気のある喜兵衛を気に入って、

「喜ィさん……」

と呼んで親しんだという。

ふらりと現れた時、虎蔵はまず喜兵衛を訪ねたが、屋敷へ泊まっていけと言っても、

「喜ィさん、今度の旅は気儘《きまま》なものだから、どこか旅籠を教えておくれな。ああ、それから、剣術遣いが好んで行くような酒場もな……」

と言って、宿場にのんびりと逗留したのである。

だが虎蔵が、ただ一人で神道一心流の師弟達に殴り込みをかけに来ていたとは、この時喜兵衛にも理解できなかったのである。

虎蔵は宿場に入るや、町役人の下で番人を務めている若い衆をたちまち手なずけて、これを乾分《こぶん》にして使いこなし、神道一心流・坂上道場の評判などを聞き出した。

すると、今坂上重太郎の評判は鰻上《うなぎのぼ》りで、周辺の町から俄《にわか》に坂上道場の門人に加えてもらいに、剣客浪人達が沼田へ集まって来ているという。

こういう連中には、老舗《しにせ》の道場へ行ったとて自分の腕ではなかなか芽が出ないが、新興の道場ならば急成長のどさくさに、自分も世に出られるかもしれないと目論んでいる不埒《ふらち》な輩《やから》が多い。

そしてこういう輩ほど、自分を強く見せて坂上門下にこの人ありと印象付けようなどと、馬鹿な考えをおこすものだ。

馬鹿は馬鹿を呼び、いつしか坂上重太郎の親衛隊が形成されていったのだが、こ奴らが町場で乱暴狼藉を働き町の者達から嫌われていることに、重太郎は気付いていなかった。

それほどまでに重太郎は神輿に乗せられ、自分自身を見失っていたのである。

「ふん、何が神道一心流だ。櫛淵先生てえのは偉い先生で、誰からも好かれておいでだったっていうが、今はもう破落戸《ごろつき》の集まりみてえなもんですぜ……」

虎蔵はあれこれ調べるうちに、若い衆の言っていることは正しいと判断した。

そして、坂上重太郎の親衛隊の溜り場と化した一膳飯屋《いちぜんめしや》へ単身乗り込むと、虎蔵を同じ穴の狢《むじな》と見た連中が、

「おお、これは見かけぬ顔だな。おぬしも坂上先生の門を叩《たた》きに来た口か……」

と語りかけてきたのへ、

「生憎《あいにく》おれはここへおぬしらと剣術談議をしに来たわけではないが、坂上重太郎とはそれほどの剣客か」

と、空惚《そらとぼ》けてみせた。

「それほどの剣客か、だと……。おい皆、ここにめでたい奴がいるぞ……」

すると俄神道一心流の剣客浪人達は、この流派がいかに素晴らしいかをわかった風に言い立て、やがて直心影流を散々にこき下ろし始めた。

「おぬしらは直心影流をこき下ろすが、櫛淵先生は神道一心流の教えの中に、直心影流の技の多くを取り入れられているのを知らぬのか」

こうなることを予想していた虎蔵は、どうせ俄神道一心流の剣客のことと、連中の知らぬ教えを取り上げ挑発してやった。

剣客浪人達は理に詰まり、

「何だ、おぬしは剣術談議をしに来たのではないと言いながら、利いた風なことを申すではないか」

「言っておくが、おれ達が信奉しているのは坂上重太郎先生の神道一心流だ。それを忘れるな」

「さぞかしおぬしは、あの下らぬ直心影流の、長沼や藤川だとか申すまやかし者に己が剣を毒されているのではないのか」

口々に虎蔵を揶揄《やゆ》して己が無知を糊塗《こと》しようとしたが、

「おぬしらは今、長沼や藤川だとか申すまやかし者と申したな」

これに対して虎蔵はその言葉に嚙《か》みついた。

「その藤川と申すは、藤川弥司郎右衛門先生のことか」

「それならばどうしたというのだ」

開き直る相手は五人――。それを虎蔵はぐっと睨みつけて、

「名乗るのが今になったが、おれは藤川先生の門人で峡虎蔵という者だ。師を辱められては黙っておれぬ！」

と、怒りの声をあげた。

「黙っておれぬだと……」

剣客浪人達は、虎蔵が藤川弥司郎右衛門の弟子だと聞いて一様に面食らったが、こうなった上からは引っ込みがつかなかった。

「黙っておれぬなら何とする……」

と、数を頼んで虎蔵に迫った。

「おぬし達を叩き伏せてやる。ただしここは店の中だ。明日おぬしらの稽古場に参る

ゆえ覚悟をいたせ」

虎蔵はきっぱりと言い放った。

「ふッ、ふッ、こいつは好い。明日我らの稽古場に乗り込むとな。ここから逃げるつもりの方便であろうが……」

「まあ好い、確かに店で喧嘩沙汰《けんかざた》に及ぶのも迷惑がかかるゆえにな」

「待っておるぞ。直心影流・峡虎蔵殿……」

剣客浪人達は次々と悪口を浴びせたが、虎蔵は、

「おぬしらこそ逃げるではないぞ……」

そう言って店を出た。

残った五人は、うまくこの場を逃げたものだと虎蔵のことを嘲笑《あざわら》った。

彼らにとって喧嘩口論は日常茶飯事であり、酒の酔いも手伝い、次の日になるとそんな峡虎蔵なる剣客がいたことも忘れいつものように坂上道場へ出て、重太郎の機嫌を窺っていたのであるが、

「おう！　神道一心流の教えもしらねえ馬鹿野郎共、昨日の続きをしにきたぜ！」

そこへ虎蔵の殴り込みを受けたのである。

まさか単身で乗り込んで来るとは思いもよらず、昨夜の五人は目を丸くしたが、

「己、小癪な奴！」

　とばかり受けて立った。

　この時はちょうど坂上重太郎が外出していたので、五人は他の門人も仲間に誘い、竹刀を手に虎蔵を迎え討ったのだが、

「それはもう、峡虎蔵先生の強いことと言えば正しく天下無双でござった……」

　宗方喜兵衛は昔話にいささか興奮の色を浮かべた。その時虎蔵は、喜兵衛だけに、

「喜ィさん、坂上の稽古場でおもしろいものが見られるぜ……」

　と、伝えていた。

「手前ら、よくもおれの師の名を辱めやがったな！」

　虎蔵は竹刀を手に見事な喧嘩殺法で、向かってくる坂上道場の門人共を片っ端から叩き伏せた。

「そこへ、坂上重太郎がまだ十五、六の弟・由利之助と共に戻って来たのでござる……」

　そっと武者窓から坂上重太郎の稽古場の中を覗いていた喜兵衛はどうなることかと見守っていたが、門人達が叩き伏せられ床に這《は》っている姿を見ては重太郎も黙っていられなかった。

「何者だ！　この狼藉者めが！」

　重太郎は虎蔵を一喝した。

「おれは峡虎蔵という者だ。この者共は我が師藤川弥司郎右衛門先生の御名を辱しめたゆえ、叩き伏せた。ふん、僅《わず》かばかりの腕で師範気取りでいるゆえに、このような破落戸に見込まれるんだよ！」

　虎蔵はそして怒りの矛先を坂上重太郎に向けた。しかし重太郎はこの時既に自分の前に敵はないと思い込むほどに祭の神輿の上に乗ってしまっていた。

「某の門人共が無礼を働いたと申すなら詫びもしようが、このような目に遭わされた上は、某とて黙っていられぬ……。剣客同士、立合で結着をつけようではないか……」

あろうことか、虎蔵に立合を申し込んだのだ。

「望むところだ。今沼田で評判の坂上先生と立合ができるとはありがたい……」

「よし、素面《すめん》で参ろう」

　重太郎の思い上がりはここでも続いた。

　天下の武士が集う江戸で修行を積む剣客の質は、上州一国のそれとは違う。

「いざ！」

峡虎蔵はこれに応えるや、二、三合竹刀で打ち合ったかと思うと、容赦ない一撃を面に見舞い、重太郎は額を割られて失神した。

虎蔵は、呆然《ぼうぜん》として立ち竦《すく》む重太郎の弟・由利之助に、

「目が覚めたら兄貴に伝えてくれ。それしきの腕で好い気になるな。この峡虎蔵より強い剣客は江戸にはくさるほどいるとな……」

そう言い置いて沼田を去った。

この時、坂上道場にはいつしか見物の衆が集まり、重太郎の不甲斐《ふがい》なさと門人達の程度の低さを喧伝した。もちろん、それには虎蔵が手なずけた町の衆が大いに動いた。

ふらりと旅の途中に立ち寄った直心影流の一剣客に、不良の門人と共に散々な目に遭わされた坂上重太郎は、この一件によって大いに評判を落とした。

そして、これを目撃した宗方喜兵衛は、直心影流こそが土岐家の変わらぬ御家の流儀であると考える家中の者に一部始終を伝え、全てを知った土岐定富は、坂上重太郎を召すのを取り止めたのである。

峡虎蔵の剣名は上がったが、彼はそれから何事もなかったようにしばらくの間、武者修行の旅を続け、すっかりとほとぼりを冷ましてから江戸へ戻った。

師である藤川弥司郎右衛門は、沼田城下で起こった出来事であるし、

「いかにも虎蔵らしい……」

と、沼田に単身殴り込みをかけた虎蔵を、勝手な振舞をしたと叱責はしなかった。

それが峡虎蔵という男の不思議な人徳であったのだ。

この一件では櫛淵弥兵衛も坂上重太郎の増長を抑えることが出来たと弥司郎右衛門にかえって謝意を述べたし、弥司郎右衛門が坂上に覚えた不快感を虎蔵が見てとってのことであるのも、弥司郎右衛門は理解していたからだ。

そして沼田での神道一心流祭は、あっさりと終りを告げた。

若年なれど英邁《えいまい》な土岐定富は、自分の剣術好きがあらぬ諍《いさか》いを呼びつつあったことに気付き、以後は直心影流のみを取り上げた。

坂上重太郎はこの時の屈辱から立ち直れずに、その後は剣に精彩を欠き二年後に病に倒れこの世を去った。

やがて定富も早逝し当主・美濃守頼布が家督を継いで現在に至る。

その間に長い月日が経《た》ったが、いくら当時の坂上重太郎が思い上がっていて、峡虎蔵が胸のすく殴り込みをかけたといっても、人の恨みは残るものである。

神道一心流・坂上道場は由利之助が跡を継ぎ、重太郎の無念を晴らすべく門人達は稽古に励み長い日々を過ごしてきた。

いつしか峡虎蔵は坂上由利之助の仇敵《きゅうてき》と位置付けられたが、その仇敵はあれからほどなく大坂で客死したと噂《うわさ》に聞いた。そして今、その倅の竜蔵が当主・美濃守の御前で演武を披露するという。

「黙ってはいられなかったというわけでござるな……」

竜蔵はあらましを聞いて屈託のない笑顔を浮かべた。

峡竜蔵の沼田入りにけちを付けようとした坂上一門の気持ちもわかる。かつて坂上重太郎を推していた土岐家家中の士達も面目を失い、その時の腹立たしさを少しでも晴らすために、由利之助との立合を上申したに違いない。

「真に、どこまでも倅にとっては迷惑この上ない親父でござりまする……。はッ、はッ、はッ……」

竜蔵はしかし、恨まれようがどうしようが、剣俠《けんきょう》の精神を遺憾《いかん》なく発揮した父の姿が誇らしく思えたのである。

「その節は宗方殿にはあれこれ世話かけたことと思いまするが、困ったことにあの馬鹿親父は、息子にも同じ血を分け与えたようでござりまする。演武までの間、この峡竜蔵のすることにどうぞお目をお瞑《つぶ》り下さるよう、お願い申し上げまする……」

竜蔵は宗方父子の前で、堂々たる態度で頭を下げた。

さてどうなることかと見守る若き梅之助を横目に、喜兵衛もまたにこやかに頷いた。今竜蔵を見つめる彼の目には、あの日の峡虎蔵の雄姿がはっきりと蘇《よみがえ》っていた。

六

翌朝は快晴であった。

朝餉《あさげ》を済ませた峡竜蔵は、与えられた客間で身繕いを整えると、竹中庄太夫を前に座らせて、

「庄さん、おれは昨日まで、立派な師範になることが、おれを贔屓《ひいき》にしてくれた人への恩返しだと思っていた」

改まった口調で言った。

「左様でございました。そして先生は松田《まつだ》新兵衛《しんべえ》先生と実りある稽古をなされたり、精進を続けて参られました」

庄太夫は静かに応えた。

「うむ、それはそうだ。剣の修練を積み、この先はいかに若い剣士を強くしてやれるか、その教授の仕方も日々工夫してきたつもりだ」

「はい」

「だが、やはりおれはどうもいけねえ……」

「何がいけませぬ」

「師範にしてやろうと赤石先生や長沼先生が思って下さっているってえのに、軽はずみなことをしたくなってくる」

「大事の前の小事にこだわってしまうということでございますかな」

「そういうことだ」

「それでは大きな出世は望めませぬな」

「まったくだ。だが頭にきたことは放っておけねえ」

「坂上道場の連中のことにござりまするか」

庄太夫はニヤリと笑った。

「そうだ……。あの土井某って野郎、人が下手《したて》に出ていりゃあ好い気になりやがって、おれにあからさまに喧嘩を売ってきやがった」

「よくぞ御辛抱なさいました」

「こっちも演武を控えた身だ。まあ好いかと思ったが、奴はおれの親父を馬鹿にしやがった。おまけに、あの由利之助って野郎は何だ。参るぞ……。何てただそれだけで、弟子の非礼を詫びもせずに引き上げやがった。親父はおれよりひでえ暴れ者だったから、恨みに思う奴がいたっておかしくはねえと思ったが、宗方殿から話を聞きゃあ、親父のしたことは誉められたもんじゃあねえが、奴らに恨まれる覚えもねえ。おれは本当に頭に来たのさ。それと共に、つくづくと親父はおもしれえ男だったと思うのさ」

庄太夫は竜蔵の言葉のひとつひとつを受け止めて、嚙《か》み砕くように聞いていたが、

「先生、わたしは先生が立派な師範におなりになることを心の底から望んでおります。さりながら、それは峡竜蔵として立派になっていただきたいという想いにござりまする。世間の目などお気になさいますな」

やがて力強く言った。

「そう思ってくれるかい」

「はい。そう思うのはわたしだけではありますまい。まずはひとつ食らわせておやりなされませ」

庄太夫は懐から小柄《こづか》をひとつ取り出して竜蔵に見せた。

「こういう証拠の品もあることでございますゆえ」

「よし……！　庄さん、行こうか……」

竜蔵は声を弾ませて立ち上がると、

「少しぶらぶらとして参りまする」

宗方喜兵衛に外出の由を告げた。

「ぶらぶらと……でござるか……」

「いかにも、それから梅さん……」

竜蔵は喜兵衛の傍にいた梅之助をそう親しげに呼んで、

「今日は坂上の稽古場で、おもしろいものが見られるぜ……」

かつて虎蔵が喜兵衛に言ったのと同じように言い置いて屋敷を出たのである。

喜兵衛はすべてを察したが、竜蔵を止めもせず、少し興奮気味の梅之助の肩を叩いて、

「行ってこい……。後で様子を教えてくれ……」

と、頰笑《ほほえ》んだ。

竜蔵は庄太夫を連れて、沼田城南東にほど近い須賀《すが》神社の裏手にあるという、坂上道場へと真っ直ぐに向かった。

そこまで行くのには小半刻《こはんとき》もかからない。

兄の無念を晴らさんとして稽古に励んできた坂上由利之助は、ここ十年の間めきめきと腕を上げ、重太郎を超えたとの評判を得て坂上道場の勢いを盛り返しつつあった。

稽古場はなかなかに堂々たるもので、江戸三田二丁目の竜蔵の稽古場の倍ほどの大きさがあった。

そこへ竜蔵はずかずかと上がると、型稽古をしていた十人ばかりの門人を見廻した。

まだ朝も早く、由利之助は稽古場に出ていないようだ。

「何だ……。何をしに参った……」

竜蔵を見咎《みとが》めたのは、昨夜の土井幹右衛門であった。

「何をしに来ただと……。お前が昨夜おれに売りつけた喧嘩を買いに来てやったのよ」

「何だと……」

気色ばむ土井を嘲笑うように、

「おう、昨夜はお前も、お前も、そっちのお前もいたな……。おれに喧嘩を売ってただで済むと思うなよ。覚悟しやがれ!」

竜蔵は鮮やかに啖呵《たんか》を切った。

「おのれ……。親に違《たが》わぬやくざ者めが!」

土井は門人を引き連れ身構えた。

「ふん、お前も若え頃に親父に叩き伏せられた口かい。おれがやくざ者ならお前らは何だ。薄汚ねえ覆面野郎かい！」

竜蔵が叫ぶと、庄太夫は懐から件《くだん》の小柄を取り出して、

「先だって峡先生に襲いかかってきた覆面の武士がいて、その一人がこの小柄を落としていったのだが、間抜けたことに名が刻まれてあった。ふッ、ふッ、これには細川《ほそかわ》甚一郎《じんいちろう》とあるが……。それに並んだ名札の中に同じ名が見られる……」

その小柄で名札を指し示した。

たちまち三十絡みの一人の顔色が変わった。

「ふッ、ふッ、ご丁寧な挨拶《あいさつ》には、こっちも丁寧に応えなくちゃあならねえ。それがおれの流儀でな……」

言うが早いか、竜蔵は庄太夫から渡された竹刀を手に、稽古場の内を縦横無尽に駆け抜けた。

たちまち方々で絶叫が湧きあがり、一人、また一人と門人達は床に這った。腕に覚えのある連中も喧嘩の海を泳いできた竜蔵の迫力に呑み込まれたのである。殴る、蹴《け》る、投げるが竹刀の打突に加わった、竜蔵の喧嘩術はここに極まった。

これを稽古場の武者窓から覗き見る侍が二人――一人は宗方梅之助、そして今一人は、いつしか梅之助の隣に並び立ち、

「ふッ、助太刀無用のようでござるな……」

と頬笑んだ眞壁清十郎であった。

「おのれ！」

やがて土井幹右衛門が烈帛《れっぱく》の気合もろとも、木太刀で打ちかかったが、それより早く前へ出た竜蔵は土井の面を丁と打った。

土井はそのまま失神した。

「今の面は、あの世でお前に怒った親父がおれに乗り移って打たせたものだ。悪く思うなよ」

片手拝みを見せた時。

「何の騒ぎだ！」

と、由利之助が奥から稽古場へと出てきた。

「何の騒ぎ……。見ての通りでござるよ。昨日売られた喧嘩を買いに来たまでのこと……」

「おのれ、無礼であろう！」

由利之助は感情を爆発させた。

そこに、昔見た光景が正しく再現されていたからである。

「さて、昔の兄貴みてえにここでおれに立合を望むかい。だがそれは二日後の演武までお預けにしておこうよ。庄さん、行こうぜ……」

由利之助は、不敵な笑みを浮かべて立ち去る峡竜蔵を呆然《ぼうぜん》として見送った。

あの日はここから兄・重太郎が峡虎蔵に立合を望み、今稽古場に転がっている土井幹右衛門のごとく失神してしまった。負の思い出は、虎蔵以上の迫力を有する竜蔵を前にして彼の闘志を萎《な》えさせたのである。

「何故《なぜ》だ……」

兄の無念を晴らさんと死に物狂いで剣に打ち込み、今では兄以上の剣客と評されるまでになった自分が、あんなやさぐれた剣客にすっかり気圧されてしまうとは――。

「ふん、生きるか死ぬかの喧嘩に身を置きながら剣を学んでみな。理屈じゃあなくなるぜ。なあ、親父殿……」

稽古場の外では、庄太夫を従え意気揚々と引きあげる峡竜蔵が呟《つぶや》いていた。

二日後に行われた沼田城演武については、詳しく触れるまでもあるまい。

峡竜蔵は、御庭先で竹中庄太夫を相手に型を披露して、土岐美濃守を唸らせた。峡竜蔵が揮《ふる》う真剣での演武である。鋭い刃風を巻き起こす彼の型は、見物が許された土岐家家中の士、そして、佐原信濃守の名代でこれを見る眞壁清十郎の口許を綻ばせた。

そして稽古場の内へと所を替えての立合は、まず直心影流を修める家中の士三人と行われて、竜蔵は相手の技を引き出す余裕を見せつつ、これを軽くあしらった。

最後は件の坂上由利之助。

見物の衆の中にあって、宗方喜兵衛、梅之助父子はふくみ笑いでこの立合を見た。

昨日の竜蔵の坂上道場への殴り込みを一部始終見届けた梅之助は、興奮を浮かべてこれを喜兵衛に報告したものだ。

喜兵衛は快哉《かいさい》を叫んだが、このことは黙っておくよう息子に伝えた。

先日、竜蔵を襲い怪我をさせ、師・坂上由利之助の立合を有利に運ぼうなどと企《たくら》んだ門人達は、竜蔵の殴り込みを無礼だと言い立てれば自分達の首を絞めることをわかっている。

「連中は何も言えずに黙っていよう。あとは、竜蔵殿の立合をゆるりと見物いたすのみじゃ」

喜兵衛は梅之助にそう言って、今日を迎えたのであった。

坂上由利之助が現れた時。

由利之助との立合を主君・美濃守に推挙した老臣達は失望に顔を歪《ゆが》ませた。その中にあの中谷九八郎がいたことは言うまでもない。

見た目に由利之助は精彩を欠いていた。

眼《め》に光はなく、落ち着きがなかったのである。

昔受けた峡虎蔵への恨みを晴らさんとて剣に励み、兄重太郎以上とまで言われるようになった。それでも生来気の弱かった由利之助は兄のように直心影流にとって代わろうなどという野心はなかった。虎蔵への恨みと共に、あの日の虎蔵の恐ろしさもまた由利之助の心の奥底に張りついていたからである。

ところが、峡虎蔵の死を報《しら》されてからは肩の荷が軽くなった。あの人間離れした、およそ剣術の概念では太刀打ち出来ないと恐れた男は死んだのだ。これからは鬼の来襲を恐れることなく剣名を上げられるというものだ。

そこから坂上由利之助に野心が生まれた。かつて兄を高く買ったことで恥をかいたと憤っていた土岐家の老臣達が、神道一心流の夢よ再びと自分のことを賛《たた》えてくれるようになったからだ。

そのうちに、直心影流次代の大師範の呼び声高い峡竜蔵が、土岐侯の御前で演武を勤めることになった。

虎蔵の倅と堂々と立合うことで、坂上重太郎が夢見た沼田神道一心流の隆盛を成し遂げる――周囲の感傷はついに峡竜蔵と坂上由利之助の立合を実現させたのである。

由利之助はこれに剣客としての人生をかけた。

立合にて峡竜蔵を倒すためなら少々汚ない手を使うのも止《や》むをえなかった。門人達が峡竜蔵を襲撃しようとしていることも薄々わかっていたが黙認した。これが不調に終り、酒場で喧嘩になるのはさすがに具合が悪かろうと止めに入ったが、その時の様子を見るに峡竜蔵は亡父と違って堪え性があり凶暴さはなかった。

由利之助としては心落ち着いて今日の立合に臨むつもりであったものを――。

虎の子は竜であった。昨日の竜の道場への殴り込みの凄じさを目にした時、由利之助の目にあの日の虎の姿が蘇った。

――今日の立合で自分は殺されるのではないか。

生来の気弱がこみあげる。これでは立合う前から勝負はあった。

これに対し、峡竜蔵は泰然自若として、ぐっと由利之助を睨んでみせた。

――相手の気力を萎えさせる。これも兵法なのさ。

立合は呆気《あつけ》なく終った。

面、籠手《こて》を付けて立合う二人であったが、竜蔵は烈火のごとく攻め立てるかと思いきや、真に余裕のある太刀捌き。

三度打ち込んできた由利之助の技をいとも容易《たやす》く見切って、三度とも相手の喉元《のどもと》の突き垂れにぴたりと竹刀の先を突けた。

するとと今度は、猛然と出た竜蔵がこれに恐れて構えが上ついた由利之助の胴をきれいに抜いた――。

「それまでといたせ！　直心影流・峡竜蔵、天晴《あっぱ》れである！」

ここで美濃守が凛《りん》とした声をかけたのである。

いきなり稽古場に殴り込みをかけたかと思うと、実に堂々と美しい技を立合で見せ、格の違いを見せた峡竜蔵に対して、坂上由利之助はまるで好いところがなく、かえって引き立て役を演じてしまった。

しかし美濃守は、

「沼田での神道一心流の道統を長く守ってきたことは天晴れである。なに、立合のことは忘れよ。あれは峡竜蔵が強過ぎる……」

坂上由利之助にはこう声をかけ、一流の存続を促した。

美濃守の〝峡竜蔵が強過ぎる〟という言葉は、土岐家の御家流は改めて直心影流であると内外に示した。そして美濃守が竜蔵に望んだ、

「長年溜った膿を出し切ってもらいとうなった……」

という想いは叶えられた。

「う〜む、先生、そちを召し抱えたいが、それは望まぬこととといたそう。そちは人に飼われることを好まぬ男のようじゃ。だが、時折は沼田の地へも、江戸屋敷にも出稽古に来てくれ。これは頼んだぞ……」

美濃守は改めて竜蔵を召すと、そう伝えた。

「そして、ますます剣に励み直心影流の明日を担うのじゃ。そちは的伝を継ぐに相応しい男よ……」

土岐家当主・美濃守は、三十一歳の剣術と人を好む英主であった。

演武を終えた竜蔵は、宗方父子に別れを告げると、それからすぐに沼田を発《た》った。

「おれのような男は他所《よそ》の地に長居はしねえ方が好いってもんだ……」

峰々に背を向けて帰路を急ぎながら、竜蔵は供の竹中庄太夫に真顔で言った。

「そうかもしれませぬな……」

沼田へ入ったばかりの頃はやたらと機嫌が悪かった庄太夫であったが、今は実に上機嫌で頷いた。

「お殿様からは何とお言葉を頂戴したのでござりまするか」

「お前は人に飼われるのが嫌な男のようだから召し抱えはせぬが、出稽古に来い……」

「それはようござりましたな」

「それから、おれは直心影流の的伝を継ぐに相応しい男だってよう……」

「ほう……」

「本当なのかねえ……」

「お殿様が仰せになるのです。間違ってはおりますまい」

「そうなのかねえ……」

「いささか型破りではありましょうが……」

「そこだよ。赤石先生はお殿様に一度お目通りを……。なんて言っていたが、おれはどうもしてやられたような……」

「ふッ、ふッ、そもそもが長年溜った膿を出し切るために遣わされたと？」

「ああ、お前の親父が昔播《ま》いた種が今どうなっているか確かめてこい……。それでおかしな草が生えていたらきっちりと刈ってこい……。実はそんなところじゃあなかったのかと……」

「まず、そんなところかもしれませんな」

「だとしたらまったくひでえや……」

「まあ、よろしいではありませんか。好い旅となりました」

「好い旅か……。うむ、まあ、そうだな……。方々で死んだ親父の姿が見られたことだしな」

「先生のお父上は、真に好い男であったのですねえ」

「好い男なんかじゃあねえよ……」

竜蔵は照れ笑いを浮かべたが、別れ際に宗方喜兵衛が言った言葉が頭をよぎっていた。

竜蔵が坂上道場へ殴り込みに行くと知りつつ喜兵衛がこれを止めようとしなかったのは、

「喜ィさん、いつかおれの倅がここへやって来たら、とにかく見守ってやっておくれな。こんな親父を持ったのが因果で、奴の身に何が降りかかるかしれたもんじゃあねえが、おれの倅のことだ、きっと手前で切り抜けてくれるだろうからよう」

虎蔵が生前そう話していたからだと喜兵衛は言った。

「どんな時でも、虎蔵先生は息子のことを頭の中で思い描いていたようでござった……」

「あの親父殿が……」

「いかにも。照れくさいゆえ、倅の前ではそんなことを噯《おくび》にも出さぬ……。男親とはそういうものでござる。お父上は男らしく優しさにあふれた、正しく剣俠の人でござった……」

喜兵衛はその言葉をもって見送ってくれたものだ。

「剣俠か……」

竜蔵はその二文字を頭に描いて、ぐっと旅の空を仰いだ。

「そうだ。近頃はこの言葉を忘れていたよ……」

振り返ると、遠く一人の旅の武士が同じく江戸を目指しているのが見える。

どうやら眞壁清十郎のようだ。

「うん。好い旅だった！　庄さん、行くぜ！」

竜蔵はまた力強く歩き始めた。

春風が一筋の道に白い埃を舞い上げた。

暖かな白い道を行く二人の武士と一人の武士。

名残を惜しむかのように、上州の山々が遠ざかっていった。

第四話　剣侠の人

一

渋い声音の常磐津節《ときわずぶし》が、しっとりと三味《しゃみ》に乗って聞こえくる。

三田同朋町《どうぼう》のお才の稽古場《けいこば》に、幸せな時が流れていた。

表を通り過ぎる町の衆は、皆一様にふっと立ち止まり、

「いいもんだねえ……」

などと口許《くちもと》を綻《ほころ》ばせて、名残を惜しむかのような表情となってまた去っていった。

この辺りの者は、お才が常磐津の名手であることは知っているが、お才の色香に魅かれて通う男の弟子の中に、このような味わい深い調子で語れる者がいたものかと小首を傾《かし》げたものだが、

「ああ、あの佐山《さやま》とかいうお武家様が、またお越しになっていたんだね……」

と噂《うわさ》し合った。

だが、そんな訳知りの者とて、このところふっつりと稽古に来なくなっていた佐山十郎《じゅうろう》というお才の弟子が、実は時の大目付・佐原信濃守であるとは夢にも思わぬ。

ましてや、三田界隈《かいわい》の名物男・峡竜蔵の妹分であるお才が、信濃守の娘であることなど――。

若き日の放蕩《ほうとう》が信濃守をお園《その》という三味線芸者との恋に陥らせ、お園はそっとお才を産んだ後この世を去った。

自分におオという娘がいることを知った信濃守は、腹臣・眞壁清十郎にお才を見守らせ、それが佐原家の剣術指南となる峡竜蔵との出会いをも生んだ。

そして、自分も浪人・佐山十郎と身をやつし、いつかお才と父娘の名乗りが出来る日が来ることを望んでいた。

しかし、そのお才との関係を政敵に悟られた信濃守は、お才もろともに暗殺されそうになり、これによって、お才に大目付であることを知られ、稽古場通いからは遠ざかっていた。

その事件を境に、お才はもしや信濃守が自分の父親ではないのかと内心疑うようになり、竜蔵の助けを借りて真実を知ることになる。

お才は母と自分を捨てた父を恨む気持ちを心の内に持ち続けていたが、事情を知ればそんなわだかまりはたちどころに消え去った。

「ただ、この才はお殿様の子であったとて、常磐津の芸に生きる女であることには変わりございませんし、どうかこのことはひとつ、お仲間の内の秘め事……という風に御了見願えましたら嬉《うれ》しゅうございます……」

と、どこまでも自分を見守ってくれる眞壁清十郎に、信濃守を父と慕う想《おも》いと共に伝えたのであった。

これを清十郎から伝え聞いた信濃守は、

「お仲間というなら、またほとぼりを冷ましゃあ、会える日もくるってもんだ……」

と、亡きお園の墓前に語りかけた。

それから一年がたち――。

お才は清十郎を通じて、

「また、お稽古にいらして下さったら嬉しゅうございます」

と、信濃守に伝えたことが、今日の稽古となったのである。

久し振りにお才の稽古場をお忍びで訪れた信濃守は、もはや互いに父娘とわかり合っての再会に、大いに照れた。

その想いがわかるだけに、

「さて、前の続きと参りましょうか……」

おオはまずそう言って三味線を弾き始めた。

前の続きと言っても、あれから三年が経《た》っている。続きも何もあったものではないが、お才は信濃守が好きな曲を知っている。弾けばそれと知れるのだ。

〽待得て今ぞ時にあふ　待得て今ぞ時にあふ　関路をさして急がん……。

信濃守は置《おき》を謡いがかり、

〽昔々昔噺のその様に……

と語り出す。

信濃守もお才も、共にお園に習った「関《せき》の扉《と》」が二人の心を解きほぐした。

語るうちに、弾くうちに、父娘は互いの想いを伝え合っていたのである。

語り終えると、信濃守は潤む目頭を押さえて、

「峡竜蔵は沼田でまた一暴れしたそうだよ……」

今度は今の二人の共通の話題に一番相応《ふさわ》しい男の名を口にして、湿っぽい空気を払った。

「竜さんが……。何だ、あたしには何も言っちゃあいませんでしたよ……」

お才はちょっと脹《ふく》れっ面《つら》で応《こた》えてみせた。

「まだ旅から帰ったばかりで落ち着かぬのだろうよ」

「あの先生はいつも落ち着いてはおりませんが、あれで大丈夫なのでしょうかねえ……」

「心配かい」

「そりゃあもう、お流儀の師範になろうというのに、今のままでは先が思いやられますよ……」

「ふッ、ふッ、それは確かだな」

「今度だって沼田のお殿様のお前で、剣術の腕のほどを披露したのでしょう」

「うむ、そっちの方は上手《うま》くいって、お殿様も大喜びであったそうな」

「あたしにも自慢していましたが、大暴れって、また何をしでかしたんですか」

「ふッ、ふッ、それはな……」

信濃守はここだけの話だと言って、眞壁清十郎から聞いた沼田での峡竜蔵の武勇伝を、おもしろおかしく語った。

このあたり、自分が大目付であることをお才は既に知っているゆえに、真《まこと》に話がし易《やす》かった。

「へえ……、そんなことがあったんですか。あたしも一度くらい、竜さんのお父上に会ってみたかったものです……」

親と子の繋《つな》がりは、色んなところで残っていくものだとお才は感心しつつ、そうだ自分にも立派な父親がいるのだという想いに胸が熱くなった。

その想いはすぐに信濃守にも伝わって、

「親の因果が子に祟《たた》るということでは、師匠、お前も峡竜蔵にひけはとらぬな……」

と、小さな声で言って、愛《いつく》しみの目をお才に向けた。

「いや、あの折は恐《こわ》い想いをさせてすまなんだな……」

改めて娘を労《いたわ》る信濃守の言葉は、初めてお才が父親から直《じか》にもらう情であった。

「あの時は助かってようございました」

「まったくだ……」

「もう少しで自分の父親が誰か知らぬままに死んでしまうところでした」

その言葉が信濃守の胸を打った。

「そうか……。だが、それを知って幸せであったかな」

「言うまでもございません。ただ、あまりにも立派な父親なので、驚いてばかりでございました」

しみじみと語るお才の言葉は、父親と過ごす一時を心から楽しむ喜びで充《み》ちていた。

信濃守の表情も、かわいい娘を前にほのぼのとしてきた。

旗本五千石・佐原家の当主として、公儀大目付として、若き日の放蕩な暮らしから一変、気の休まる日々とてなかった信濃守が今は一人の父親としてお才に向き合っている。

しかし、今日は浪人姿をしているとはいえ、五千石のお殿様と知った上からは、何と呼べばいいかもわからず、お才の喋《しゃべ》り口調はぎこちなかった。

それは信濃守とて同じである。

今は常磐津の師匠と弟子。

信濃守は我が娘ながら、

「お才……」

と呼ぶのも憚《はばか》られた。

お才はというともっと複雑で、武家を相手に、

「お父つぁん」

とは呼べなかったし、武士の娘ではあるけれど、

「父上……」

などとは今さら呼べるはずもない。

身分が違いすぎる父と娘の対面は、心の内で我が娘、我が父と想い合う心地好さを、同じ時と場で分ち合う……。それだけに止《とど》まっていたのである。

二人を和ます峡竜蔵の話題が尽きると、父と娘はまた常磐津の稽古を始めた。

語りと三味線の音にさらに情が籠《こも》った。

「ところで師匠、おれに来てもらってくれと清十郎に言付《ことづ》けたのは、またどういう風の吹き回しだい」

それが終ると、信濃守は今日一番気になっていたことを訊《たず》ねた。

一緒にいる時が経つにつれて、父娘の間に遠慮がなくなっていた。〝師匠〟という言葉が、父が娘に付けた愛称のようにお才には聞こえてきた。

「いけませんでしたか……」

お才は少しはにかんだ。

「いけないはずがなかろう。お前に今度はいつ会おうかと、ずっとその時を探していた」

「あたしも同じでございました。でも、なかなか時の大目付様に、常磐津のお稽古に来てくれ……などとは言えませんし、まさかお屋敷へお訪ねするわけにも参りません」

「それで、清十郎に切り出す機会を窺《うかが》っていたのかい」

「はい。そうしましたら、ちょっと前に眞壁さんが、佐山十郎殿が寂しそうにしておいでだと呟《つぶや》いて……」

「左様か、清十郎がそんなことを……。いかにもあの男らしい」

「律儀で優しくて、頼りになるお方でございます」

「うむ、お前のことを任せられるのはあの男しかおらぬ」

「あたしにとっては、ありがたいことでございました」

「おれにとってもありがたかったよ。娘のお前と稽古ができてこの上もなく幸せであった」

「あたしも父親の語りに合わせて三味線が弾けて、ほんに嬉しゅうございました」

「また暇を見つけて来るとしよう」

「はい……」

「お前も気が向けば屋敷へおいで」

「まさか……」

「いいんだよ、お前のことは家の者に話してあるのさ」

「そんな……。もったいのうございます……」

　お才は思わず涙ぐんだ。実の子だとはいえ、自分の存在を若き日の過ちと済ませてしまわず、奥方や嫡子にも打ち明けてあるという信濃守の真心が、彼女の身を感激に揺さぶったのである。

「もちろんお前が、常磐津の芸に生きるのを邪魔させたりはしねえよ。お才、何があったって、離れていたって、お前はおれの娘で、おれはお前の親父《おやじ》さ……」

「お父つぁん……」

　やっと言えたこの言葉を、お才は心の底に刻み込んだ。

「お父つぁん……。好い響きだなあ、お才……」

　信濃守は満面に笑みを浮かべてお才の手をとった。

　今のこの幸せが何やら妙に頼りなく儚《はかな》いもののような気がして、握るその手には思わず力が籠っていた。

二

　沼田から戻った峡竜蔵はというと、早速下谷《したや》車坂に出向き赤石郡司兵衛に沼田城での演武がつつが無く終ったことを報告した。

　既に土岐侯からの早飛脚《はやびきやく》が、長沼正兵衛の許《もと》に届いていて、

「お殿様は大層お喜びであったとのこと。何よりであったな」

郡司兵衛は竜蔵の演武の成功を賛《たた》えつつ、

「さぞやどこからか、おぬしの親父殿もお喜びなされておいでであろう」

何よりも虎蔵が残した因縁を見事に締め括《くく》ったことを喜んでくれた。

竜蔵は、郡司兵衛が自分を沼田へ行かせたのには、峡竜蔵という直心影《じきしんかげ》流的伝《てきでん》候補を土岐侯に披露するためだけではなく、兄弟子・虎蔵への想いが込められていたことを改めて知った。

「先生もお人が悪うございまするな……」

しかし竜蔵はこのことについては何も触れず、ただこう言ってにこやかに頷《うなず》いてみせたのである。

郡司兵衛はそんな竜蔵の成長ぶりに目を細めて、

「団野源之進との仕合は四月の十二日と決まった。楽しみにしておるぞ」

すかさず言った。

「四月十二日でござりまするか……」

その日は、故・藤川弥司郎右衛門の祥月命日にあたる。

竜蔵は、ただ好い仕合をすることだけを誓い赤石道場を辞した。

その後は、下谷長者町の藤川道場、芝愛宕下《しばあたごした》の長沼道場へと挨拶《あいさつ》に出向き、三田二丁目の峡道場で静かに時を待った。

気楽《きらく》流・松田新兵衛との稽古で、団野源之進との仕合がどのようなものになるかはほとんどわかっていた。

これから先の稽古は己が体を整え、強い精神力を養うのみと、門人との稽古も控え、型稽古と瞑想《めいそう》に時を費した。

――大事なことは仕合の勝ち負けではない。団野先生との仕合によって何を得て、何を思い、これからの自分の剣を大成していく道を見つけるかだ。

そんな想いを頭に描きつつ、竜蔵はひたすら剣の高みを見つけんと日々修練を積みながら、忙しく喧嘩《けんか》に明け暮れ暴れ回っていた頃の自分を懐しんでいた。

「人は日々変わるものじゃ。変わるために生きているとも言える。とはいえ、出来の悪かった頃の己が妙に愛《いと》おしく思えるのは何故《なぜ》であろうの……」

四月に入り、仕合の日も間近に迫ってきたある日、三田二丁目にふらりと祖父・中原大樹が現れて竜蔵に語った。

もう八十になるというのに、大樹はますます意気軒昂《いきけんこう》で足腰に衰えがない。

いつものように雷太の身の周りの物を調えに、綾が三田二丁目の稽古場に現れたのが三日前のことであった。

雷太ももう十三歳になっていて、

「お姉様にお越しいただけるのは真に嬉しゅうございますが、もう身の周りのことはどれも自分でできますゆえ、どうぞお気遣いはご無用に願います……」

などと、大人びた口調で言うようになったのであるが、弟のような想いで面倒を見てきた綾はやはり放《ほう》っておけずに、十日に一度くらいの割合で三田二丁目には相変わらず通っていたのである。

とはいっても、綾が峡道場に来るのは、彼女の寄宿先の主《あるじ》である中原大樹とその娘の志津が、竜蔵の様子を見てきてくれという一面があるのも変わっていない。

綾の見たところでは、竜蔵は今、きたる団野源之進との仕合に向けて精神修養をしているように思えた。

「綾坊、いつもすまぬな……」

もう二十半ばの女をつかまえて〝綾坊〟と呼ぶのは変わっていないが、この日はめっきりと口数も少ない竜蔵であった。

綾は本所出村町に戻るや中原大樹にこの由を伝え、

「精神修養となりましたら、ここは先生がひとつ、竜蔵さんとお話しになられた方がようございましょう……」

一度三田二丁目に出向かれてはいかがかと勧めたのである。

国学においては名の通った師である中原大樹も孫の竜蔵のことになると真に弱い。船を仕立てて早速やってきたというわけだ。

もっとも、竜蔵にしてみると、大樹の話はいつも頓智《とんち》問答のようで、わかったようなわからぬようなことがほとんどなので、どちらかと言えばありがた迷惑なところもないではないが、十八の時に父を亡くした竜蔵にとって、大樹は自分に強烈な愛情をもって接してくれる唯一人の男の肉親であった。他愛《たわい》ない話をするのも今日は心地好い。

「祖父《じい》様にも、出来の悪い頃がございましたか」

竜蔵は少しからかうように問うた。

「ふッ、ふッ、それはあった。そしてその頃が懐しい。何と申して、出来の悪い頃は恐れを知らぬ。何事にも自惚《うぬぼ》れていて、己が先行きは光り輝いていると思い込んでいた」

応える大樹の表情はどこまでも穏やかであった。

「祖父様にもそのような頃があったのですね」

「ああ、なまじ学才があったゆえにな……」

「ふッ、ふッ、わたしは親父殿の血を受け継いでしまったと思っておりましたが、祖父様のそれも確かに受け継いでおりますな」

「ほう、竜蔵、そなたは年寄りを喜ばせる技も身につけたようじゃな」

大樹は竜蔵の応えをいかにも嬉しそうに受け止めた。

「それゆえに親父殿とは違って、己が稽古場を構え、弟子に恵まれ暮らすことができているのでござりましょう」

「ほッ、ほッ、これはますます嬉しいことを言ってくれる」

大樹は孫がかわいくて仕方がない――そんな風情を恥ずかしがることもなく体中に醸していた。

今、祖父と孫は稽古場の見所《けんじょ》に並んで話している。

大樹は、峡道場の門人達が元気いっぱいに床を踏みしめ打ち合う姿を見渡して、

「励んでおるの……」

まだ体が固まっていない雷太の姿を見つけて、目を細めた。

「そなたも、ついこの前まではあのような姿であったものを……」

話し口調は若々しいが、さすがに寄る年波には勝てぬ大樹の老いを、竜蔵はその横

顔を見つめながら感じていた。

この日わざわざ三田二丁目までやって来たのは、綾が自分の様子を伝えてのことであろうと竜蔵は推量していた。

綾は団野源之進との仕合を控えた竜蔵の心を中原大樹をして落ち着かそうとしたのに違いない。

出来の悪かった頃と違って、今の竜蔵にはこれくらいの読みは出来る。

だが今日の大樹は、その多大なる学識を生かして竜蔵の精神修養に役立つような助言を未《いま》だしていなかった。

ただかわいい孫と共に過ごす一時を楽しみ、竜蔵の昔を懐しんでばかりいたし、同じ思い出話を何度も繰り返したりした。

――まさか祖父さん、呆《ぼ》けてきたんじゃあねえだろうな。

と、竜蔵が心配するほどに、いつもの国学の大家という様子からはかけ離れていたのである。

「ふッ、ふッ……。この身も老いた……」

さすがに竜蔵の自分への想いを悟ったか、大樹は照れ笑いを浮かべて、

「これから強い相手と仕合をするという竜蔵殿の士気を高め、かく落ち着けるにはど

んな話をすればよいか……。こんな話もあんな話もしようかとここへ来るまでの道中あれこれ考えておったが、この稽古場の雄々しさとそなたの師範ぶりを目にした途端に、何やら胸がいっぱいになってしもうてのう……。ふッ、ふッ、老いた老いた……」

と、低い声で言った。

人一倍情に厚い竜蔵のことである。これが日頃かくしゃくたる中原大樹の言葉だけに、たちまち目に涙が浮かんできて、

「祖父様、この竜蔵はこの稽古場においては師範でござるぞ。そのような泣かせることは申されますな……」

泣くのを堪《こら》えやっとのことに言った。

「おう、これはすまぬすまぬ……」

情の籠った孫の返事に大樹も落涙を堪えて笑いを取り繕った。

稽古場の隅には、大樹の供に付いてきた国学の弟子・左右田平三郎《そうだへいざぶろう》がいて、共に門人達の稽古を見ていたのである。老醜をさらしたくはなかったのだ。

竜蔵と大樹は、体の底から湧《わ》き上がる涙の塊を静かに元へと戻すまで、しばし無言で門人達の稽古を見つめていた。

「気合と踏み込みが足らぬぞ！」

大声で叱咤《しった》する神森新吾の姿がたくましい。今や剣技の上達ぶりが華々しい若き師範代格が、その間二人の目を楽しませてくれた。

「竜蔵殿、そなたはこの爺《じじ》の娘婿であった峡虎蔵殿の跡を受け継ぎ、立派な剣客となった。剣侠《けんきょう》の心意気も負けてはおらぬ。彼《か》の者が成り得なんだ師範としての道も眼前に広がっておる。真に重畳じゃ……」

やがて大樹は、再び祖父が孫の成長を賛える甘い口調で竜蔵に語りかけた。

竜蔵は瞳《ひとみ》の奥に穏やかな笑みを浮かべ、黙って聞いている。

「だがのう、峡虎蔵は柄《がら》にものうとんでもないことをしてのけた。それが何かわかるか。竜蔵という男をこの世に残したことじゃ」

大樹は諭すように言った。この言葉には、いつもの国学者・中原大樹の威厳と重みがあった。

「祖父様……」

竜蔵は今日の大樹の来訪の意味を改めて受け止めた。

思えば祖父・中原大樹は、孫の精神修養の助言を与えるとて、それが剣術に関《かか》わることとなれば、

「この爺が出る幕はないわ……」

と、黙って見守る人であったのだ。

「ありがたいことに爺は、竜蔵という孫の惚れ惚れとする姿を何度も見られた。その上に曾孫《ひまご》の顔を見たいなどと贅沢《ぜいたく》は申さぬ。とは申せ、優れた剣の命脈を絶やしてもらいとうはない。わかるな」

「わかります……」

「わかってはいるが、明日命を落とすやもしれぬ剣客としての覚悟を決めて日々生きていれば、妻を娶《めと》る気にもなれぬ……。その気持ちもようわかる」

「はい……」

「さりながらあの峡虎蔵は、そなたよりなお危ない命のやり取りをしながら、いけしゃあしゃあと我が娘の志津を妻にしてそなたを儲《もう》け、そうして旅の空の下で河豚《ふぐ》の毒にあたって死んでしまいよった……」

「とんでもない親父でござりました」

「自分もあの親父のようになるのが恐ろしいか」

「父子は似るものにござりますれば……」

さすがは中原大樹、竜蔵の心の内を言い当てていく。

「じゃが、爺もそなたの母親も、未だにあの男のことが好きじゃ。そなたとて、憎んだ昔もあったかはしれぬが、日に日に親父が懐しく、誇らしいものになっていよう」

「それは……」

素直に「はい」と言うのが悔しくて、竜蔵は黙って相槌《あいづち》を打った。

「明日妻を娶れとは言わぬ。じゃがのう、直心影流を背負って立つほどの剣客となり、大きな仕合に臨むまでの身となったのじゃ。修羅の道を歩み、一生妻は娶らぬ子も生《な》さぬ……などとは思うてくれるな、これ竜蔵……」

祈るような目を向けられて、竜蔵の胸の内にある決意が固った。彼は威儀を正して畏《かしこ》まった。

「祖父様のありがたいお言葉、しかとこの胸に頂戴《ちょうだい》いたしまする」

「おお、それは真か」

大樹の声が弾んだ。

「はい、まずは団野先生との仕合に臨み、その後に、この身に誰よりも縁のある女子を我が妻として、我が剣の命脈を継ぐ子を生しとうございます」

「うむ、うむ、ありがたい。老い先短いこの身には、今の言葉が聞けただけでありがたい。この上はもはや何も言うまい。この世への心残りがこれで消えたというものじや……」

大樹は何度も頷いて、その喜びを顕《あらわ》にしたが、心に願う竜蔵の嫁が綾であるとは一切口にしなかった。

竜蔵が妻と選ぶ相手は竜蔵自身が決めればよい。綾との縁が深ければ自《おの》ずと二人は一緒になるであろうし、綾にとっても竜蔵の妻になることが幸せであるのかは知れぬのであるから――。

「大事な仕合の前に、かえって爺はそなたの心を乱したかな……」

「いえ、団野先生との仕合は、この竜蔵のこれからの生き方を考える好《よ》い機会だと思うておりますれば、今日は祖父様と話ができてようござりました。今まで逃げてばかりで、向き合ってこなんだことが何か、ようわかりましてござりまする……」

「左様か……。ならばなおよかった」

「ひとつだけ申し上げまする」

「何かな」

「この世への心残りがこれで消えた……などという年寄りくさいお言葉は中原大樹先生には似合いませぬぞ。この先まだまだ未熟な竜蔵を見守ってやって下さりませ」

竜蔵は子供の頃から大好きであった祖父の目を見てしっかりと頷いた。

その時。ここまで何とか堪えてきたというのに、ついに大樹の目からぽろりと大粒の涙がこぼれ落ちた――。

三

団野源之進の稽古場は本所亀沢町にある。

赤石郡司兵衛門下の名剣士として名を馳《は》せ、この地に自分の道場を開いてから十年の歳月が経っていた。

齢《よわい》・四十である源之進は後に真帆斎《しんぱんさい》と称し、八十九歳の高齢をもって死去するのだが、その際にこの稽古場を門人の男谷精一郎《おだにせいいちろう》に譲ることになる。

男谷精一郎は、小十人組《こじゆうにんぐみ》の御家人から剣の腕を買われて下総守《しもうさのかみ》、三千石の講武所《こうぶしよ》奉行《ぎよう》にまで栄進した剣豪として知られる。

さらにこの男谷門下からは、島田虎之助《しまだとらのすけ》、榊原鍵吉《さかきばらけんきち》といった幕末の名剣士を輩出するのである。

かくして直心影流剣術は江戸の剣術界にあって絶えず中心的な存在を保ち続けるのであるが、その礎を築いた団野道場は名門中の名門と言える。

ここ何日もの間、源之進はこの稽古場で門人達の稽古を見た後、夜な夜な一人で真剣による型稽古を行っていた。

「うむッ!」

彼が気合を発する度に、夜の稽古場に美しい光が宙を走る。

団野源之進がある夜、曲者《くせもの》を一刀のもとに斬《き》り捨てたところを見た者が、

「目の前を蛍が横切ったかと思うと一人の武士が倒れておりました……」

と人に語ったという。

それほどに源之進の抜刀術は美しく鋭い。

今までは己が腕を信じ、どんな時でも剣に後れをとったことのない団野源之進であったが、峡竜蔵が源之進との仕合に恐れを抱くのと同様、彼もまた竜蔵との仕合にいかに臨むか、暗中模索を続けていた。

源之進は以前から峡竜蔵の剣に目を付けていた。

初めて竜蔵と会ったのは、師・赤石郡司兵衛に付いて藤川弥司郎右衛門の稽古場に行った時のことであった。

まだ竜蔵は二十歳になるやならずの頃であったと思われる。

兄弟子達に顔をしかめられながら、竜蔵は稽古場で暴れ回っていた。

荒削りで立合の運びが今ひとつ洗練されていないのを笑われ、これに対してむきに

なって稽古に臨み、相手を叩《たた》き伏せては雄叫《おたけ》びをあげるのですぐに目についた。

源之進はしかし、竜蔵の剣術を、

「何とおもしろい奴がいる……」

と思って見ていた。

彼の剣には〝人を斬る〟理念が込められているように思えたからである。

防具着用による竹刀での稽古は剣士達の立合に積極性を引き出した。これにより打ち合う技は進歩をとげたのであるが、その反面斬るという剣術本来の意義が薄れてきたと言える。

仕方のないことである。防具をつけ、竹刀で打ち合えば斬るより叩くことに重きを置かざるを得ないからである。

だが竜蔵の立合を見ていると、竹刀捌《さば》きは美しいと言えないが、彼が繰り出す竹刀は確かに相手を斬っているのだ。

それは源之進が目指す理念と通ずるものがあった。

それから何度か顔を合わせることがあったが、なかなか立合う機会に恵まれぬまま、自分は亀沢町に道場を開くことになり会うこともなくなってしまった。

それがここ数年。

剣客としてそれなりに落ち着き始めた峡竜蔵が、時折赤石郡司兵衛の稽古場に現れるようになったと聞き顔を出してみるとこれが驚いた。

「彼《か》の者の竹刀が真剣に見えてくる……」

そう思えたのだ。

既に名剣士の呼び声高く、次期的伝者と目されている団野源之進のことである。赤石道場に行くと次々に指南を請われて、なかなか自分の思うがままにならない。

それでも何とか峡竜蔵と立合う機会を作って竹刀を交えてみたところ、六分四分で自分の技量が勝っている。

しかし、これは竜蔵が自分との立合を喜び、相手が上級者であると位置付け、彼の方から次々と技を仕掛けてきた結果ゆえと判断した。

——さて、仕合となれば勝つことができるであろうか。まして果し合いとなれば。

源之進はそのような想いに捉《とら》われたのであった。

既に大師範として直心影流に君臨する源之進が、今さら格下と見られる相手と仕合をする必要などはなかった。

竹刀仕合での勝ち負けを確かめたとて何の意味もなく、彼の剣における名声を高めるものでもない。

自分を次期的伝者にと考えてくれている赤石郡司兵衛や、その後押しをしてくれている師範達からしてみると、源之進が峡竜蔵との仕合を望むなどとは夢にも思っていないであろう。

また、そのようなことをして、もし負けたとしたら団野源之進の名に傷が付く。それは源之進を推す自分達の汚点にもなるのであるから容認し難いはずである。

そうは思いながらも、

――峡竜蔵と仕合をしてみたい。

源之進の心の内で、その願望が日に日に大きくなっていった。

自分と同じ、斬る理念を前に出して竹刀を揮《ふる》う――。

この男との仕合は果し合いに等しい。

仕合に敗れた時、自分は斬り死にを遂げたことになる。その自分が直心影流の道統を受け継ぐのはいかがなものか。

自分が負ければ的伝の継承は辞退するべきであろう。いっそ峡竜蔵に継いでもらえば好いではないか。

峡竜蔵の素行の悪さを指摘する向きも流派内にはあるが、それも直情径行が過ぎてのことであり、近頃では風格も人間も出来てきたとの声も上がり始めている。

そして団野源之進自身、自分が本当に剣聖・上泉伊勢守からの歴史を持つ直心影流の的伝を得てよいのか迷っていたのである。

「わたくしの本当の強さがいかなるものか、峡竜蔵との仕合によって確かめとうござりまする……」

源之進は師・赤石郡司兵衛に、ついにこの想いを伝えた。

郡司兵衛は、

「おぬしも困ったことを申すものじゃ……」

と、源之進の気持ちを理解しながらも、竜蔵との仕合をさせて好いものか否か逡《しゅん》巡《じゅん》した。

峡竜蔵は郡司兵衛にとっても、敬愛する兄弟子・峡虎蔵の忘れ形見である上に、長年目をかけてきた弟弟子である。何とかしてやりたい想いは誰よりも強かったが、直心影流の道統を継ぐ候補者としては大師範達を唸《うな》らせるだけの実績と名声がなかった。

それで思いついたのが昨年執り行った〝大《おお》仕《じ》合《あい》〟であった。

直心影流で、今脂が乗っている剣士を十名集めて一番の剣士を決める大会を催し、

「ここで竜蔵が勝ち抜けば、おぬしとの仕合を執り行うとしよう」

と、したのである。

峡竜蔵は見事にこれを楽々と勝ち抜き、三田二丁目・峡道場ここにありと名を上げた。

　そして、いよいよその時が来たのである。

「えぇいッ！」

源之進はまた夜の稽古場に刀身の光をまたたかせた。

仕合の行方はまるでわからない。

負けるとも思わぬが、峡竜蔵との仕合は果し合いに等しく何がおこるかしれぬ。

今はただ、真剣を揮うことによって、剣客としての己が研ぎ澄まされた感性を磨くのみ。そう思い定めた団野源之進であった。

　その夜が明けると、源之進は車坂の赤石道場へと出かけた。

仕合の要領などを伝えるゆえ、一度稽古場へ顔を出すようにと言われていたのである。

「おぬしが仕合に臨むにあたって殊《こと》の外《ほか》、戸惑うているように思えてな。仕合の前に一度会《お》うておきたかったのだ」

赤石郡司兵衛は源之進に会うやこう言ったものだ。

「これは畏《おそ》れ入りまする。考える間が随分とありましたゆえ、どのような仕合をいたせば好いかあれこれ迷うてしまったようにござりまする」

源之進は苦笑した。

「いつまでたっても、先生には御心配をおかけしてしまいまする」

「いや、団野源之進ほどの師範と仕合をするのだ。先般の大仕合だけではのうて、竜蔵にはあれこれ試練を与えねばならぬと思うたのだが、それによっておぬしを随分と待たせてしもうたようじゃ」

「とんでもないことでござりまする。この何年もの間、このように少し浮ついた想いに身を置く機会がござりませなんだ。何やら若い頃に戻ったようで、心地が好いとさえ思うておりまする」

「左様か。そもそもおぬしが望んだ仕合だ。思うように臨み、楽しむがよい」

「忝《かたじけの》うござりまする」

「ひとつ訊ねておきたい」

「はい」

「仕合に負けた時、真に的伝を竜蔵に譲るつもりか」

「そう思って仕合に臨む気持ちに変わりはござりませぬ」

「あ奴に務まると思うか」

「たとえこの先、峡竜蔵が道統を継ぐことを喜ばぬ者が何人現れましょうとも、剣の一流を継ぐ者は剣の神髄を極めた者でなければなりませぬ。その意味において、彼の者は口先だけではのうて、生死の境を歩んでおりまする」

「なるほど、それゆえあ奴が務めねばならぬと申すのだな」

「はい」

「相わかった。もし峡竜蔵が範を継ぐことになった時は、これを助けてやってくれ」

「畏まりました」

力強く応える源之進の姿に、郡司兵衛は内心肩の荷が下りる想いであった。

これで何《いず》れが勝とうが、直心影流第十一代的伝を得た身としては、後顧の憂えもなくなるというものだ。

「よくぞ申した……」

郡司兵衛は愛弟子《まなでし》に熱い目差《まなざし》を向けると、

「仕合の審判は身共が務める。勝負は一本。防具は着けるが素面《すめん》といたそう。楽しみにしておるぞ」

と、申し伝えた。

「委細承知 仕《つかまつ》りました」

源之進は平伏した後、

「時に竜蔵殿は既にここへ参られたとのことにて……」

ちょうど入れ違いであったという峡竜蔵の様子を訊ねた。

「ああ、朝早くにやって来て、また慌ただしく帰って行きおった。おぬしが来たら、よろしくお伝え下されたしとのことであった」

「それは残念でござりました」

「真に、いつも忙しい男じゃ」

「何かおもしろい話をしておりましたかな」

「ふッ、ふッ、夢の中で一度もおぬしに勝ったことがないと嘆いておったわ」

「ほう、それは正夢にしてやらねばなりませぬな……」

源之進は、峡竜蔵もまた自分と同じように落ち着かぬ想いをしていると聞き心が和んだ。

「それにしても竜蔵殿は、その名が話に上るだけで座が明るうなりまするな」

「ふッ、真におかしな男よ。おお……、それから、妙なことを頼んでいきよった」

「妙なこと？」

「昔馴染《むかしなじみ》の常磐津の師匠に仕合を見せてやってくれぬかと……」

「ほう、それはまた何やら気になりまするな」

「これが奴の妹分でな。一度仕合を見せてやると言いながら今になってしまったゆえ、どこか物蔭《ものかげ》からそっと見物させてやっていただきたいと頭を下げよった。はッ、はッ、はッ……」

郡司兵衛は、その時の竜蔵の真剣な表情を思い出して声をあげて笑った。

「ふッ、ふッ、いつか話したことがあろう。かつて我が弟子であった松野久蔵《まつのきゆうぞう》という男が、よからぬ者に頼まれて竜蔵に果し合いを申し込んだことがあったと」

「はい、確かその時に人質に攫《さら》われた妹分がいたとお聞きしましたが」

「ふッ、ふッ、それよ。お才と申してな。竜蔵にとっては福の神であるそうな」

「福の神、それは困りましたな。福の神が仕合を見ているとなるとこちらの分が悪うござりまする」

いかにも峡竜蔵らしい頼み事だと源之進も愉快に笑った。

「うむ、思えばあの折、竜蔵は松野久蔵の命を取ることなく爽《さわ》やかに返り討ちにしてのけた。いかにも福の神じゃ。源之進、心してかかってくれ。こちらもお才という常磐津の師匠には、松野久蔵の一件の借りがあって断ることもできんでな……」

郡司兵衛と源之進は楽しげに笑い合った。

今、直心影流においては最強の師弟といえるこの二人が笑えば、もうそれだけで天下太平の風が穏やかに吹くというものだ。

その赤石道場で、峡竜蔵、団野源之進、両雄が勝負を決する日はもう間近に迫っていた。

四

「庄さん、あたしのことはもう好《い》いから、どうぞお稽古場の中へ入っておくんなさいまし……」

「左様か、心細ければここで師匠と一緒に見てもよいが……」

「いえ、どうぞお気遣いはご無用に願いますよ。一人でじっくりと竜さんの晴れの仕合を見させてもらいますから」

「よし、それなら師匠、後でまた、な……」

「あれこれ庄さんにはお手間をかけます」

「水くさいことを言うものではありませんよ。ではわたしは行きますから、先生の勝ちを祈って下されや……」

いよいよ、赤石郡司兵衛の稽古場にて、峡竜蔵と団野源之進の仕合が執り行われる日となった。

件《くだん》のごとく、峡竜蔵の願い出によって、お才はこの仕合を覗き見る幸甚を得た。

剣術の稽古場は三田二丁目の峡道場で慣れているが、わざわざ行ったこともない赤石道場へ出向いてまで仕合を見たくもないのが本音であった。とはいえ今度の仕合は兄貴分・峡竜蔵最後のものになるかもしれぬと聞かされると、一度くらいは峡竜蔵の勇姿を眺め、この目に焼き付けておきたいという想いに捉われたのである。

今日の仕合には竹中庄太夫、神森新吾に加え、津川壮介、北原平馬が供を許された。

庄太夫は師範達の目に触れぬよう、そっとお才を連れて稽古場の廊下に入った。廊下の端には衝立《ついたて》の目隠しがあり、稽古場との間には日除《ひよ》けの簾《すだれ》が下ろされてある。ここからだと気兼ねがなく、簾越しに窺い見やすいのである。

「今日の仕合はおれの一生の中で一番思い出に残るものになる……。福の神のお前にはどうでも見てもらわねえとな」

三田から下谷までの道中、竜蔵は何度もお才にこう言った。

「ちょいと竜さん、お武家様の中に一人だけあたしのような女が混じっているなんて、何だか畏れ多いですよ……」

峡道場の面々と連れ立って行こうという竜蔵に、お才は恥ずかしがって遠慮をしたのだが、

「お前だけそうっと訪ねるってえのかい。そんなまどろこしいことは無しにしようぜ。お前は峡道場創立の恩人なんだ。一緒に行くのが当り前だよ」

竜蔵は共に行こうと言ってきかなかった。

「一人の弟子もいなかった頃は、お才が持ってきてくれる喧嘩の仲裁で何とか食いつないでこられた。その恩義は忘れちゃあいねえよ……」

「恩義に思うほどのことじゃあないさ。でもねえ、仲裁は時の氏神……、なんて言ってた竜さんが、今や大先生。あたしは嬉しゅうございますよ……」

「何言ってやがんだ。おれは大先生でも何でもねえや」

「そんなこと言ったたって、世間ではそう呼んでいるよ」

「その大先生ってえのはな、からかいで言っているのさ」

「からかい？」

「つまり、大先生っていう渾名《あだな》なのさ。馬鹿だねお前は、そんなものに惑わされやがってよう」

「ふん、大先生なんて渾名があるかい……」

今まで何度交したかしれないこんな軽口を叩き合うと何故だか心が落ち着いて、お才は否《いや》も応もなく竜蔵の傍《そば》に付いて赤石道場にまでやって来た。

お才が入り易《やす》いように、竜蔵は早目に赤石道場へ入り、

「先生、お才でござります。あの時は人質に攫われましたが、今でも達者に芸に励んでおります」

などと、まずお才の緊張をほぐしつつ赤石郡司兵衛への挨拶を済ませると、後を庄太夫に托《たく》したのだ。

竜蔵のお才への気の遣いようは、実にあっさりとしていてかつ細やかであった。

――あの唐変木が、いつの間にか大人の男になっちまったよ。

お才は嬉しいような、寂しいような、それでも何とも幸せな心地で、簾越しに稽古場を覗いた。

やがて峡道場の面々が入ってきて、続いて団野源之進が門弟数人を連れて入ってきた。

峡竜蔵と団野源之進はにこやかに挨拶を交した。

お才にとっては初めて見る源之進であるが、一目で本物の〝大先生〟であることがわかる人となりであった。

——竜さん、あんなお人に望まれて仕合をするなんて、やっぱりお前は大先生だよ。峡竜蔵を近くで見てきて、そのことは頭でわかっていたが、この稽古場で堂々と臆《おく》することなく団野源之進と向かい合う姿を見ていると、

——竜さん、よかったねえ、ほんに励んだ甲斐《かい》があったねえ。

お才は泣けてきてならなかった。

続いて、赤石郡司兵衛が、長沼正兵衛、長沼四郎左衛門という直心影流の重鎮と、若き藤川家の当主・弥八郎《やはちろう》を伴い入って来て見所に座った。

他に赤石道場の精鋭が数人、これは手伝いを兼ねて要所に陣取る。

こうなると、お才には誰が誰やら、何が何やらわからぬが、稽古場の内がたちまち厳かな気に包まれていくことだけは肌で感じられた。

竹中庄太夫、神森新吾、津川壮介、北原平馬の表情も幾分強張《こわば》っているようだ。

その後、お才はただ息を潜めて見守った。

団野源之進が前へ出て見所に恭しく座礼をした。

「此度《こたび》は、この団野源之進の願いをお聞き入れ下され、恐悦至極に存じまする。今は何も申すことはござりませぬ。いざ……」

源之進は竜蔵にも深々と頭《こうべ》を垂れると、その場を下がって垂《たれ》、胴、籠手《こて》を着けた。

竜蔵もしっかりと一礼をしてこれに倣《なら》う。

赤石郡司兵衛は立ち上がって稽古場の中央に立ち、両剣士を呼びここに仕合の開始を告げたのである。

「えいッ！」

「やあッ！」

両雄は竹刀を構えるや、裂帛《れっぱく》の気合を発し前へ出た。

たちまち間合を取り合う、せめぎ合いが続いた。

——や、これは。

竜蔵はうっとりとして、一瞬口許を綻ばせた。

以前も何度か立合って覚えていたことではあるが、今日は改めて思った。

——団野先生の竹刀が真剣に見える。

と。

面を着けぬ竜蔵のこの表情の変化を、ある者は不謹慎であると捉えたかもしれぬ。

だがそんなことを思う者は一生剣の神髄には近付けぬであろう。

同時に源之進の口許も一瞬綻びていたのである。

——峡竜蔵とは正しく真剣勝負。

彼もまた竜蔵の竹刀に真剣を見ていた。

それだけではない。二人の剣先が触れ合った刹那《せつな》、そこに火花が飛び散るのを、赤石郡司兵衛も、長沼正兵衛も長沼四郎左衛門も確かに見ていたのであった。

緊迫した間合の取り合いがしばし続いたが、互いに決め手を欠いた。

「ええいッ！」

ややあって、源之進の竹刀がついに竜蔵の竹刀を裏からすり上げた。

「うむッ！」

途端、互いに目の前の高さに振り上げた竹刀を、いざ打ち込まんと右に左にぴくりとさせたが、すぐに半歩下がって構え直した。

二人共に竹刀は上段に構えられていた。

寸分違《たが》わぬ身のこなしであった。

ここで仕合は膠着《こうちゃく》した。

峡竜蔵と団野源之進は、互いにゆっくりと竹刀を青眼に戻したが、次に仕掛ける機を決めかねているように見えた。

竜蔵もまた動けなかった。

少し前に気楽流の剣客・松田新兵衛を稽古相手として、団野源之進との仕合を仮想してみたが、案に違わず相手の一瞬の隙《すき》を見極めるものとなっていた。

そして、団野源之進は松田新兵衛以上に隙がなく、竜蔵の気剣体を己が不利な間合に入れさせなかった。

先ほど源之進が竜蔵の竹刀をすり上げ、攻勢に出んとした時が唯一の勝機であった。

次に繰り出す源之進の技にこの身をさらし、己が剣術の修練によって得た体の反応に勝負を托そうと思ったのである。

相手の動きに自然と竜蔵の技が応じれば、一本を決められるかもしれない。

自分でさえ予想のつかない我が身の動きならば、源之進はなおのことそれを読めぬであろう。

竜蔵は源之進よりも六歳若い。

技の精度は敵《かな》わぬが、肉体と肉体がぶつかり合った時の敏捷《びんしょう》においては勝っている自信があった。

しかし、その峡竜蔵の思惑そのものを団野源之進は読んでいたのであろう。

竜蔵の鋭い剣先を崩しに竹刀をすり上げたと見られた彼の動きは、竜蔵が捨て身で勝負に挑むや否やを見極めるものであったのだ。

竹中庄太夫、神森新吾……。その場にいた剣士達は竹刀での仕合に真剣勝負の緊迫った。

を確《しか》と感じ取っていた。

生き死にに拘《こだわ》らぬ仕合である。双方激しく打ち合い、華々しい仕合を生んでもよかった。

団野源之進も峡竜蔵も、勝敗に凝り固まる剣客ではない。

熱情と潔さを剣術修行において持ち合わせている練達の士である。

それが容易に動けなくなっているのは、やはり互いに相手の竹刀に真剣を見ているからに他ならない。赤石郡司兵衛の稽古場の内に、郡司兵衛と見所にいる師範しか見抜けなかった真剣勝負の気味が、次第に広がっていたのである。

白刃を引っ提げて果し合いに臨む、勇壮なる二人の剣士が今確かにそこにいた。

互いの気迫が剣先に己が軍神を呼び込み、二人の間合の中で、激しくぶつかり合っているかのような息詰まる緊迫――それがしばし続いた。

やがて――。

「待て……」

郡司兵衛が、じっと気合を内に込めながら対峙《たいじ》する二人に声をかけた。

竜蔵と源之進は夢から覚めたような表情となり郡司兵衛を見た。

郡司兵衛は二人を目で制すると長沼正兵衛、長沼四郎左衛門の両師範に目を遣《や》った。

両師範は何故郡司兵衛が仕合を止めたか、その意志を言葉に依《よ》らずわかっていた。

二人共に、感じ入ったように深く頷いてみせた。

郡司兵衛は畏まると、再び峡竜蔵と団野源之進に向き直り、

「見事であった。もはやこの上は勝敗を決するまでもあるまい」

と、静かに言った。

竜蔵も源之進も依然無言で、その応えを求め郡司兵衛を見ている。

「その理由《わけ》はもう互いにわかっていよう。これは仕合ではのうなった。竹刀による果し合いと変じた。生死に拘らぬとは申せ、おぬしら二人はこの先我らが流儀にあってその指南を務めねばならぬ。いずれもが果し合いに敗れるわけには参らぬ。わかるな……」

郡司兵衛は厳しい表情で二人に語った。だがその声音には、竹刀、防具による剣術稽古を真剣の迫力に昇華させた両雄への賛辞が込められている。

峡竜蔵、団野源之進、いずれが敗れても、それはただの剣術仕合の苦い思い出に止まらず、果し合いで斬り死にを遂げたという心の敗北をも伴うかもしれぬ。

それゆえ郡司兵衛は、仕合が果し合いの域に達したと見た瞬間、仕合を止めた。

そして、長沼正兵衛、長沼四郎左衛門とて郡司兵衛と同じ想いであったのだ。

「畏れ入りまする……」

源之進は構えを解いた。

「お蔭をもちまして、命拾いをいたしましてございまする……」

竜蔵もまた、いかにも彼らしい言葉を発し構えを解いた。

その刹那、二人が左手に提げた竹刀は、真剣から竹を組み合わせたただの稽古用の代物に戻っていた。

郡司兵衛は満足そうな表情を浮かべて、

「この仕合の勝敗の行方はこの赤石郡司兵衛が預かった。講評は後日機会を設けることとする。両名共に今日ただ今よりまた剣の修行に励むようにな……」

凛《りん》として言い放った。

団野源之進は何か想うことがあるのであろうか、思い入れを込めて座礼をした。

峡竜蔵は晴れ晴れとした想いで同じく座礼をしたが、上目遣いにちらりと稽古場の隅に目を遣った。

そこの簾の向こうにはお才がいるはずであった。

じっと目を凝らすと、初夏の日射《ひざ》しを浴びたお才の姿が簾の向こうに薄《うっす》らと見えた。

その表情まではわからぬが、そのなめらかな肩は小刻みに震えているように見えた。

五

その帰り道のこと――。

浜の清兵衛が、神田和泉《いずみ》橋の袂《たもと》まで船を仕立てて竜蔵達を迎えてくれた。

峡竜蔵の晴れの日を知り、何かせずにはいられなかったのだ。

竹中庄太夫、神森新吾は、素晴らしい仕合であったと興奮さめやらぬ様子であれこれと語り、津川壮介と北原平馬はひたすら相槌を打った。

峡門下の剣士達は、何よりも師の竜蔵が負けることなく仕合を終えた安堵《あんど》で心の内が充たされていた。

竜蔵は一世一代の仕合を終えた後の脱力感に見舞われ、終始言葉数も少なく弟子達の労《ねぎら》いを受けていた。

稽古場の一隅で、峡竜蔵のあまりにも堂々たる姿に触れ思わず感涙にむせたお才は、その名残をほんのりと赤い目の縁に止めながら、自分の家族に等しい峡道場の面々を楽しそうに眺めていた。

船が芝の金杉橋の袂に着くと、竜蔵は弟子達を先に帰らせ、自分はゆったりとした足取りでお才を伴い春日《かすが》社に出かけた。

三田の産土神《うぶすながみ》が祀《まつ》られているこの社《やしろ》は、竜蔵とお才にとっては互いの稽古場に近く、石段を上った所で味わう芝の風が二人共に好きであった。

「今日の無事をお礼参りしてえから付いてきておくれな」

竜蔵はそう言って誘ったのだが、お才が自分に何か言おうとしている気配を察して二人だけの一時を作ったのである。

何か身の周りに特別なことが起こると、それを契機に生まれ変わろうとするのがお才の身上であることを、昔馴染の竜蔵は知っている。

去年、名も知らぬ生みの父が時の大目付・佐原信濃守であることを知った。

そして兄貴分であり、心の底では惚れていた峡竜蔵が大仕合に勝ち、今日は直心影流の大師範を唸らせる仕合をした。

お才にとって大きなことが続いたのだ。竜蔵はお才が何を思いつくか恐れていた。

そして、互いに惚れ合う二人が兄貴分と妹分としてこの先も暮らしていけるのであろうか。

今こそ決着をつける時が来たのではないか。

竜蔵はこの春日社の本殿裏で、お才と対峙をしたのであった。

お才にはそんな竜蔵の想いが痛いほどわかっていた。

「竜さん、お前はあたしが何か企《たく》んでいるんじゃあないか。それを心配してくれているんだね」

伏し目がちにこう切り出した。

「ああ、お前は芸と一緒になったような女だから、他に煩わしいことがありゃあ、そこから逃げ出したくなるのが常だからな」

竜蔵は努めて明るく応えた。

「煩わしいこと……」

「そうさ、お前にとっちゃあ煩わしいことだろうが。生きているか死んでいるかさえもわからなかった親父が、とんでもねえお人だった……なんてことは」

「とんでもねえお人か……。ふッ、ふッ、そうだねえ……」

「お前はお姫《ひい》様、なんて柄じゃあねえもんな」

「こんな年増《としま》になっちまってお姫様もあるもんかい」

「父子《おやこ》の名乗りができりゃあ、もうそれだけでいいってところかい」

「そういうことだねえ」

「だから江戸から逃げ出したい……。そんなことを思っちゃあいないか。それがずうっと気になっていたのさ」

「ふッ、ふッ、竜さん、やっとうの腕が上がったら、同じだけ人の気持ちもわかるようになったんだねえ……」

「やはりそうなのかい……」

竜蔵は寂しそうな目をお才に向けた。

「上方《かみがた》へ行こうと思っているんだよ……」

お才は竜蔵の目から逃れるように横を向いて言った。

「上方で芸を磨いてみないかと、言ってくれるお人がいるんだよ」

竜蔵は胸に込み上げるものを覚えながら、

「上方か……。お前のことだ。もう決めちまったんだろうな」

溜息《ためいき》交りに言った。

お才はそれにこっくりと頷いた。

「ふん、江戸から逃げるのかい。このおれと別れてよう。おオ、寂しいぜ……」

竜蔵はふっと笑った。

長く顔も合わさずに、お才は芸に、竜蔵は剣に暮らした時もあった。だが江戸にいればまた顔を合わすこともあろうと互いに心に思った二人であった。

「おれのいねえ上方に行っちまうなんてよう……」

しみじみと託《かこ》ちながら竜蔵は引き止めてやれぬ今の自分を心で詫《わ》びた。

そんな竜蔵の想いはわかり過ぎるくらいにわかっているお才であった。

思わず目頭が熱くなったが、先刻赤石道場の稽古場の片隅で人知れず涙を流して、既に心の内で竜蔵に別れを告げたのだ。もう泣くまいと心に決めていた。

「あたしは十年後《のち》の竜さんに会いたいのさ」

強がるように笑ってみせた。

「十年後のおれだって……？　はッ、はッ、生きていりゃあ四十四か。その頃になりゃあ、少しは分別もついているやもしれねえな」

「そん時ゃあ、あたしも四十を過ぎた婆《ばあ》さんで、ものわかりの好い昔馴染になっていようよ」

「さて、そいつはどうかしれねえが、上方でなくったって、江戸でも十年は暮らしていけるぜ」

「江戸で十年を暮らすのは面倒さ」

「何の面倒なことがあるものか」

「大ありですよ。あたしはまだまだ女だからねえ。しかも、竜さんに惚れているときてる」

「惚れている……。とうとう白状しやがったな」

「ああ、惚れていたよ。あたしは竜さんに惚れていた。ずっと傍にいてもらいたいと思ったものさ。でもねえ、男と女は厄介だ。一緒になれるはずのない二人が深くなりゃあ、二度と会えなくなる日がくるのは見えている。この兄さんだけとはそんな風になりたくはなかったのさ」

「おれとお前は一緒になれるはずのねえ二人かい」

「わかったことを言うんじゃないよ。竜さんは剣に生き、あたしは芸に生きる身だ。それに……」

「何だい……」

「これからますますお偉い先生になろうってお武家様に、いつまでもあたしのような芸人風情がついていちゃあなりませんよ」

「あたしのような芸人風情だと。お前は五千石のお旗本の娘じゃあねえか」

「だからさ……」

おオの声が詰まった。

「だからさ……。江戸にいりゃあ、お偉いお父つぁんに無理を言いたくなるかもしれないじゃあないか」

「お才……」

大目付の娘となれば、ましてや情に厚い佐原信濃守を親に持つ身なれば、誰かの養女ともなって剣術師範の妻にもなれよう。

誰の子かも知れぬ不良あがりの常磐津の師匠ならば、己が身の程もしれたものを、五千石の旗本の娘となれば峡竜蔵と一緒になることも出来るのだ。

お才は江戸にいると、ただ一人の女になって竜蔵にこの身を預けたくなる衝動に駆られるのが怖いと言うのだ。

「ふッ、ふッ、あたしももういい歳《とし》だ。今さら侍の娘になれったってなれやしないし、お前の女房には不似合いさ。それに、何といったって竜さん、あたしは常磐津の師匠のお才だよ。もっぱら芸に生きてきたんだ。おかしな気を起こしたくはないんだよ」

お才は小さく笑った。

その笑みは、何もかも心の迷いを断ち切った女の清々《すがすが》しいものであった。

「そうかい……」

竜蔵は首を縦に振るしかなかった。

「それゆえに、この先江戸で十年を暮らすのが面倒だっていうのかい」

お才はまたこっくりと頷いた。

「お前も、おれに出会ったのが身の不運だったなあ……」

大きく息をついた竜蔵を、お才はそれでも笑顔で見つめ、

「とんでもない……。竜さんの傍にいられてあたしは随分と楽しい思いをさせてもらったさ。十年後もまた頼んだよ」

「ああ、任せておけ」

「前々から、上方へ芸を磨きに行ってみたかったんだよ。あたしの重い腰を上げさせてくれたのも竜さんだ……。恩に着ますよ……」

お才は片手拝みをしてみせた。

自分の癖を真似《まね》るお才に竜蔵は苦笑いを浮かべて、

「恩に着るなら、十年たったら帰ってこいよ」

「あい」

「発《た》つ時は報《しら》せろよ」

「あい」

「お前はずうっとおれの妹分だからな……」

「ありがたいねえ……。竜さん、世話のついでに、このことあたしのお父つぁんによろしく伝えておくれな……」

「わかったよ……」

竜蔵は相変わらず片手で拝むお才を見つめると、やがて振り切るように、

「そんならお才」

「竜さん……」

「今日のところは帰るとするか……」

二人は本殿から離れ、春日社の石段を降り始めた。

今日の日射しはどこまでも穏やかで、ちょっとくだけた剣客と、婀娜《あだ》な女の二人連れを柔らかく包んでいた。

六

団野源之進との仕合の翌日。

峡竜蔵は赤石郡司兵衛の道場に挨拶に出かけ、その足で赤坂清水谷《しみずだに》の佐原信濃守の屋敷へと向かい、出稽古を勤めた。

そして稽古が終ると、すぐに信濃守へ目通りを願った。

元より信濃守はこの日、竜蔵に会うことを楽しみにしていた。

江戸に名だたる剣客・団野源之進と、内々のことながらも大師範達の前で仕合をし

たという報せを受けていたからである。

いつものように中奥の一室に竜蔵を通し、ここへ酒肴《しゅこう》を運ばせて、眞壁清十郎を侍《はべ》らせお気に入りの剣客との楽しい時を過ごそうと思ったのであるが、

「わたくしの仕合は勝負がつかずに終りましたが、それよりもまず申し上げたきことがござりまする……」

と、竜蔵はお才の上方行きの話をしたのである。

「そうであったか、お才がそんなことを……。なるほど、それゆえあ奴め、このおれを常磐津の稽古に誘いよったのか」

話を聞いて、信濃守は上方へ行く前に自分に会いたいと願った娘の気持ちを不憫《ふびん》に思い、胸の内でじっと嚙《か》みしめた。

「ふッ、ふッ、あの折にはもう心の内も決まっていたであろうに……。この父には一言も語らなんだとは、真に水くさい奴じゃ……」

父親が娘への愚痴を周囲に漏らす……。

嫡男一人には恵まれたが、娘のいない信濃守にはそれが堪《たま》らないほどに心地がよかった。

やっと親子の名乗りが出来たというのに、自分は上方へ行ってしまうとは告げられ

なかったお才の気持ちは、信濃守にはよくわかっていたが、

「ふッ、ふッ、言えば後ろ髪が引かれると思うたか……。一旦《いったん》心に誓った上はもう変《へん》改《がい》はせぬ……。強情はおれに似たんだなあ」

「このこと、あたしのお父つぁんによろしく伝えておくれな……。御当家のお姫様は、そのように申されておりました……」

竜蔵は少しおどけた顔をして、信濃守に畏まって見せた。

「そうかい、うちの姫がお父つぁんによろしく伝えてくれと……。そんなことを先生に頼みやがったか」

信濃守は、わざと伝法《でんぽう》な口調で竜蔵に応えた。

「馬鹿な奴だねえ……。惚れた相手はやっとうの大先生になろうって剣客で、親父は五千石の殿様だってえのによう。その許から離れて上方へ行っちまうなんてよう……」

「ほんに馬鹿でございますねえ。そんなに常磐津の芸が大事かってえんですよう……」

竜蔵は信濃守に合せてべらんめえ口調で応えた。

信濃守は盃を呷《あお》って、

「ふん、十年たちゃあ峡竜蔵に会ってみてえだと……。そん時ゃあますます峡竜蔵は大先生だ。直心影流の的伝を頂戴しているかもしれねえんだぞ。上方下りの常磐津師匠になんて構ってられねえよ。そん時ゃあ先生、あいつがおれの娘だからって構うことはねえから、追い返してやんなよ……」

心にもないことを口にして、しみじみと竜蔵に語ったものだ。

「はッ、はッ、お殿様、そんなお気遣いはご無用に願いますよ。この竜蔵にとってお才は何年たとうが大事な妹分でございます」

竜蔵は相変わらずくだけた口調で、労るように励ますように信濃守に応えた。

「そうだといって先生、流儀の的伝はお前が継ぐかもしれねえんだぜ……」

「わたくしは継ぎませぬよ」

「継がねえったって先生……」

「先ほど赤石郡司兵衛先生の許へご挨拶に伺ったついでに、はっきりと申し上げて参りました」

「何だって……」

「団野先生との勝負はつかぬままに終ったってことはどちらも勝ったってことでございましょう。そうすれば同じ勝ちでも剣の値打ちは団野先生の方があるに決まっております。もし、万が一にも団野先生が、的伝は峡竜蔵に継がせてみたらどうでしょうなどと戯れに申されたとしてもわたしははっきりとお断りさせて頂きますので、どうぞお願い申し上げます……」

「おい、まさかそんなこと赤石先生に……」

「はい、申し上げました」

「ああ、己が口から何ということを申すのだ」

信濃守は驚いてその口調を元に戻した。

先ほどから黙って二人の話を聞いている眞壁清十郎が溜息をついた。

「仕合をする前から流儀のことを継ぐのは団野先生しかおらぬと思うておりました。仕合をお受けしたのは直心影流の的伝が欲しいためではございませぬ。誰よりも強い相手と仕合をしてみたかっただけのことにて……」

竜蔵の表情は真に晴れ晴れとしていた。

「それはそうかもしれぬが、何やら惜しい気がするがのう」

峡竜蔵はこうでなくてはいけないと思いながら、信濃守はやはり自分から断ってしまうこともなかったのではないかと苦笑いを浮かべた。

「今のわたしには親父殿の気持ちがよくわかりまする。父・峡虎蔵は、直心影流の的伝に背を向けて生涯を過ごした馬鹿で勝手な男でござりました。さりながら己が剣をまっとうしようとすると、我が儘《わがまま》に生きねばならぬことを誰よりもわかっていたゆえに、型破りな生き方をあえて選んだのではなかったのかと存じまする」

竜蔵はこの日佐原邸へ稽古に来る前に、赤石郡司兵衛に語った想いを同じく佐原信濃守に伝えた。

「おぬしという男は……」

郡司兵衛もまた苦笑いを浮かべたものだ。

「勝敗の行方はこの赤石郡司兵衛が預かったと申したはずだ……」

「それはお預けいたしましたが、元よりあの仕合は誰が的伝をいただくかを決めるためのものであるとは確と承っておりませぬ」

「たわけ者めが、まだ長沼先生の御意向も伺わぬうちから出過ぎたことを申すではない」

「出過ぎたことと申されまするが、団野先生が的伝を得れば肩の荷が重くなると思《おぼ》し召して、それならば峡竜蔵にでもくれてやろうなどと、往生際の悪いことを申されるのではないかと心配になったのでござりまする」

「それゆえ、先回りして己が想いを伝えに来たと申すか」

「左様にござりまする……」

「ますます怪《け》しからぬ奴め。どこまでも直心影流の的伝にけちをつけるか」

怒りながらも、話すうちに郡司兵衛の表情はすっかりと綻んでいた。

「けちをつけるなどとは、とんでもないことでござりまする。ただわたしは己が生き方を変えられぬ男でござりまする。この半年ばかりの間にそのことがよくわかりましたゆえ、とても赤石先生のお跡を引き継ぐことは出来ぬと存じまして……」

竜蔵は平身低頭を続けて、

「わかった！　どうせおぬしはそう言うであろうと思うていた。このところの峡竜蔵は随分と変わったゆえ、あるいはと思うたが……。ふッ、ふッ、納まるところに納まったとはいえ、おぬしとの仕合が団野源之進にとっては好い修練の場となったのは確かじゃ。礼を申すぞ……」

遂《つい》に郡司兵衛からこの言葉を引き出したのである。

その上に、

「おぬしの剣名も大いに知れた。この上は思うがままに直心影流・峡道場を己が力で立派なものにするがよい。藤川弥司郎右衛門先生も、峡虎蔵殿も、よくぞここまでの剣客になったとお喜びになられていよう……」

赤石郡司兵衛は竜蔵にとって一番ありがたい励ましをもって、新たな門出を祝ってくれたのであった。

話を聞いて佐原信濃守は膝《ひざ》を打った。

「なるほど、流儀にこだわらずに己が生き方を貫いていくか。ふッ、ふッ、それでこそ当家の指南役、我が娘の兄貴分だ」

竜蔵は相好《そうごう》を崩して、

「どちらもこの竜蔵で不足はござりませぬか」

「不足などあるはずがなかろう。それより峡竜蔵の貫きたいという生き方とは何か。それを教えてくれ」

「大したことでもござりませぬ」

赤石郡司兵衛にも問われた己が生き方は、

「ただ剣俠に生きるのみ……」

であると竜蔵は少しはにかみつつ応えた。

「剣に長じて、俠気ある者……か。いや、改めて聞くと好い言葉だ。剣俠の人・峡竜蔵の許へなら、いつかまたお才も会いに行けるってもんだ。先生、娘のこと、妹分としてよろしく頼んだぜ」

信濃守は男と男の約束だと竜蔵の目をじっと見た。

竜蔵はお任せ願いますと目には目で返答をして、

「明日から峡竜蔵はまた新たな気持ちで生きて参ります。とは申しましても、上方で一人暮らしていくのかと思うと、お才のことが心配でござりまする。誰か、頼もしくて真心のある男に見守ってやってもらいたいものでござりまする……」

つくづくと心情を吐露して、やはり黙って控えている眞壁清十郎に頬笑《ほほえ》みかけた。

清十郎は切ない表情で竜蔵に頷き返した。

それから後は酒もほどほどに、竜蔵はその場を辞去した。ほど好い間合であった。

この場の三人の男は皆一様にお才のことに想いを馳せていたから、酒も進まず話も弾まなかったのである。

だが竜蔵が退出するや、眞壁清十郎は思いつめた表情となって主君・信濃守の前に平伏をした。

「お願いの儀がござりまする……」

信濃守は腹臣の様子にただならぬものを覚えたが、生死の境を共にしたこともある主従の結びつきは、一瞬にしてこれから清十郎が何を言い出すかを悟らせた。

「願いの儀とはお才のことか」

信濃守は清十郎を確と見た。

「いえ、わたくしの儀にござりまする……」

清十郎は否定したが、一瞬その表情に浮かんだ動揺を、信濃守は見逃さなかった。

「そなたのことか……。申してみよ」

それでも信濃守は何も質《ただ》さず、穏やかに声をかけた。

清十郎はぐっと奥歯を噛みしめてから、

「暇《いとま》を頂戴いたしとうござりまする……」

絞り出すような声で言上した。

「暇乞《ご》いをいたすか」

「ははッ……」

清十郎は平伏した。

「もう、心に決めたのだな……」

「お許し下さりませ……」

「ふッ、ふッ、浪人いたさずともよいものを。お前もまたおめでたい男よのう……」

「申し訳ございませぬ」

「固いぞ清十郎……」

信濃守は苦笑いを浮かべながら、

「許す……」

ぽつりと言った。

「忝うございます」

清十郎の目に涙が光った。

「忝いのは、この信濃守の方じゃ。そちに下らぬ役目を申し付けたばかりにすまぬことをした……」

「もったいのうございまする」

清十郎は肩を震わせた。

命を懸けてお仕えしようと心に決めた素晴らしい主君であった。その主君に自ら暇乞いを願わねばならぬとは身を裂かれる辛《つら》さであった。

だが、その主君の役に立つには浪人の身にならねば出来ぬこともある。

お才が江戸を離れて十年を上方で過ごすというならば、その十年を見守る役目を担う者がなくてはならない。

そして、それは誰に出来るものではない。

眞壁清十郎にしか出来ぬことなのだ。

「お前が上方にいてくれたら、おれはほんに安心だ……。清十郎、だが言っておくぞ。信濃守のためではなく、お才のために行ってやってくれ。峡竜蔵も、それを望んでいようよ……」

「ははッ……！」

清十郎は信濃守の真心に触れて、不覚にも畳を涙で濡《ぬ》らした。

もの言わずとも語らずとも、家来の真意はたちどころにわかる信濃守であったことを、清十郎は今さらながらに知った。

「それから、文を忘れるな。この先はその文が何よりの楽しみとなろうゆえにな……」

信濃守の哀切に充ちた口調に、また涙させられながら、

「畏まってござりまする」

眞壁清十郎は力強く応えたのであった。

七

四月二十一日は、武蔵《むさし》多摩川の川口にある、川崎大師平間寺《かわさきだいしへいけんじ》の縁日である。

川崎の浜にかつて平間《ひらま》兼乗《かねのり》なる漁師がいて、四十二の年に弘法大師《こうぼうだいし》の霊夢を蒙《こうむ》った。かつて唐で刻んだ厄除《やくよ》けの自像がこの浜辺に流れきているゆえこれを拾い祀るがよい。さすれば厄難は免れるであろうというものであった。

兼乗は早速網でもって海中に流れ輝いていた大師の像を得て、高野山の僧・尊賢《そんけん》の力を借りて一寺を建立した。

これが厄除・川崎大師平間寺の発祥である。

「てなわけでね、ちょいと朝から参りに行こうかと思いましてねえ……」

初夏となり、すっかり早くなったこの日の夜明け。

四国町の通りから東海道へと出た辻《つじ》で、お才は声高に話していた。

その姿は旅のもので、小脇に大事の三味線を抱えている。

しどろもどろになっているお才を見てにこやかに頰笑んでいるのは三人の武士である。

「長々と川崎大師の縁起を語りやがって、厄年でもねえお前が、いくら縁日ったって川崎下《くんだ》りまで行くとは思えねえな……」

笑顔ながらも詰《なじ》るように言ったのは峡竜蔵である。その傍に控えているのは竹中庄太夫と神森新吾である。

「師匠、そうっと上方へ発とうとしていたのであろうが」

庄太夫がニヤリと笑った。

「発つ時はきっちり報せると、言っていたのではなかったのですかな」

新吾が続けた。

「そんなこと言ったって、あたしは見送られるのがどうも不得手でしてねえ……」

言い訳を諦《あきら》めて、お才は大きな息をついて観念した。

一旦こうと思いついたらすぐに為《な》さねば気が済まぬのがお才の身上であった。

あれこれと手間取っていると気が変わってくるというものだ。気が変われば下手な考えも生まれてくる。

思い立ったが吉日と、上方行きの段取りを始めると、迷うことなく次々と進めていった。

「急な話で申し訳ありません……」

常磐津の弟子達にも有無を言わさぬ調子で稽古場を閉めると告げ、代わりの稽古場もあてがった。

四の五の言わせぬお才の気合は武芸に通じると、いつも竜蔵が感嘆しているほどなのだ。

「馬鹿、おれも庄さんも新吾も、お前と別れの言葉を交わすのは不得手だよ。だがな、後からお前が送ってくれた文など見ながら、どうして黙って行っちまったんだよ……、なんて涙を流すのはなおのこと不得手だよ。気持ちよく送らせてくれよ……」

「ふッ、ふッ、竜さんの周りにいる人は皆泣き虫ですからねえ。気持ちよくってわけにもいきませんが、あたしが今朝出かけることをどうしてわかったんですよう」

「お前の考えそうなことは大よそわかるから、網結の親分がこのところ様子を見てくれていたのさ」

「親分が……」

「ああ、お前によろしく伝えてくれとさ……」

峡道場三番目の門弟である御用聞き・網結の半次も四十半ばに達したが、相変わらず竜蔵にはなくてならない頼もしい存在として君臨していた。

先日の団野源之進との仕合には、

「あっしは町の者でございますから……」

と、竜蔵の誘いをやんわりと断り、影にいる男としての立ち位置を崩さなかった。

今日も、見送りは柄ではないとこの場にはいないが、竜蔵からお才の様子を聞くや、国分の猿三達若い者を配し、その動向を窺っていたのであった。

「見張ったりしてすまなかったが、お前が水くせえ真似をするからいけねえのさ」

竜蔵はしんみりとして言った。

「峡道場を見くびっちゃあいけなかったねえ……」

おオは小さく笑った。

「あたしは幸せでしたよ。みんなに見守られて……。ふッ、ふッ、何だか一人で上方へ行くのが心細くなっちまうじゃあないか」

もう幾夜も枕《まくら》を涙で濡らしたお才であった、今さら泣くのはやめようと心に誓ったが、さすがに竜蔵達にこうして見送られるとしんみりとしてきた。

「一人じゃあねえよ。お前はいつだって一人じゃあねえさ。必ず誰かに見守られていると思うがいいや」

竜蔵は今この瞬間もどこかでお才を見守り、共に上方へ向かわんとしている親友・眞壁清十郎の姿を思い浮かべていた。

お才は早晩、清十郎の姿に気付くであろう、献身の言葉がぴたりと当てはまる己が守り神のありがたさを肌で覚えるであろう。

そのことをそっと告げるのは野暮だし、湿っぽい別れもお才相手には似合わない。

「お才、行ってこい！　しっかりと励んで、おれ達への文は欠かすんじゃあねえぞ。おれはいつまでも剣俠が身の上の峡竜蔵だ。わかったな！」

いつもの爽やかな惚れた男の大声が、まだ明けきらぬ街道の辻に響き渡った。

「そんなら竜さん、庄さん、新吾さん、ちょいと行ってきますよ……」

お才らしい屈托《くったく》のない笑顔が浮かんだ。

「お才、楽しかったなあ……」

竜蔵の言葉にしっかりと相槌を打つと、お才はやがて歩き出した。

芝の海から吹きくるちょっと湿った風が、お才の背中を押していた。

竜蔵、庄太夫、新吾の三人は、きっぱりとして振り向かぬお才の後姿をしばらく見送っていたが、

「よし、行くとするか。今日から直心影流峡道場は、またひとつ剣と男の高みを目指して前へ進むぞ。よろしく頼むぜ」

竜蔵の片手拝みをきっかけに、力強く歩き始めた。お才と眞壁清十郎は江戸を去った。大事な二人がおらぬ今、峡竜蔵はどのような未来へ向かおうとしているのか――。

目指す稽古場の内からは、早や門人達の逞《たくま》しい掛け声が聞こえていた。

解説

縄田一男

二〇一一年九月、文庫書下し時代小説に一人のヒーローが誕生した。本書で第十巻目となる〈剣客太平記〉シリーズの主人公・峡竜蔵である。

三田に、師である藤川弥司郎右衛門から受け継いだ直心影流の道場を持つ、青年剣客で、本シリーズは、伝法《でんぽう》な——ということは真っすぐな性格で曲がったことを見逃すことができない——江戸っ子で、惚《ほ》れやすく、感激屋な竜蔵の成長譚《たん》として描かれている。

作者の著書には他に〈取次屋《とりつぎや》栄三《えいざ》〉シリーズ（祥伝社）があるが、〈剣客太平記〉の方は、十冊を数え、今回が一応の一区切りということになる。本シリーズはその間、コミックにもなり、平成の〈剣客商売〉ともいわれ——しかしながら、単なる模倣ではなく、そういわれなければ分からないほど工夫が凝らされている——着実に読者数を増やしてきた。

今回、本書の解説を書くため、全十巻を通読してみたが、数をこなすことを条件とされる書下し文庫時代小説の世界において、三年で十冊というのが多いのか少ないのか私には、もはや判断がつきかねるが、この間、確実に本シリーズが深化し続けて来たことは、私の評論家生命に誓って断言してもいいと思う。

まず、ここで、三年も前のことになるので竜蔵の横顔を作中から拾うと、

やや細面《ほそおもて》の張り出した頰骨《ほおぼね》の上で、ぎらぎらと光を放つ眼の輝きは尋常ではない。月代《さかやき》はきれいに剃《そ》りあげてはいるものの、地味目の綿入れと袴《はかま》姿は、いかにも武張《ぶば》っていて、どこぞの剣客に違いはなかった。（第一巻『剣客太平記』第一話「夫婦敵討《めおとかたきう》ち」）

とある。

道場には一人の門人もおらず、まるで『魔像』（林不忘《はやしふぼう》）の茨右近《いばらうこん》のように喧嘩の仲裁をして糧を得ており、まだまだ若い。

勝手放題をやって、旅先で河豚《ふぐ》に当たって死んだ父・虎蔵（前述の藤川弥司郎右衛門の高弟）の「明日の米をいかにして得るか――それが剣客にとって何より大事なことなのだ」ということばを実践しているのだが、そのことばの神髄をいささか曲解している趣きがあるような気がしないでもない。

そして、この仲裁っぷりをみて惚れ込み、押しかけ一番弟子となったのが、竹中庄

太夫という四十過ぎの浪人。剣より、筆と算盤《そろばん》を得意とするが、いざというときに役に立つ、竜蔵の懐刀《ふところがたな》である。

このシリーズを読み進んでこられた方は既におわかりと思うが、〈剣客商売〉において、老い＝秋山小兵衛《あきやまこへえ》、若さ＝秋山大治郎《だいじろう》が父子として登場したのに対し、〈剣客太平記〉においては、老い＝竹中庄太夫、若さ＝峡竜蔵という、前者がしばしば竜蔵の暴走ぶりにストップをかける逆転師弟コンビとして登場している。

このあたり、実際にシナリオライターとして、ＴＶ版〈剣客商売〉シリーズ——藤田まこと版であろう——の脚本を書いている作者としては、読者に煙幕を張るべく、かなり苦心したところではあるまいか。

さらに、大目付・佐原信濃守と、三田同朋町に住む、常磐津の師匠で、竜蔵の妹分であるお才が父子であるという設定は、完全に〈剣客商売〉の田沼意次《たぬまおきつぐ》と三冬《みふゆ》のそれであろう。

ここでいっておくが、私は岡本さとるが〈剣客商売〉の人間関係をどう換骨奪胎したかを解説しようとしているのではない。作者にとっては本シリーズは自らが時代作家として成功するための愛すべき〈剣客商売〉シリーズへの挑戦ではなかったのか。

それが見受けられるのは、本シリーズも池波《いけなみ》作品同様、作品が群像劇として成立している点ではあるまいか。文庫書下し時代小説では、主人公のキャラクターのみ立て、あとは安易に人物配置をして、ストーリーを転がしていく作品が少なくない。だが、岡本さとる作品においては、脇役、端役に到《いた》るまで血の通っていない作中人物はまずいないといっていいだろう。それに加えて、作品には映像作家としての、視覚的効果が加わる。たとえば、第一話から登場する深編笠《ふかあみがさ》の剣客・眞壁清十郎、実は前述の大目付佐原信濃守の密命を受けて行動しているその姿はどうだ。映画でもTVでも深編笠をかぶった剣客が、これに片手をそえて、一寸《ちょつと》、遠くを見やったり、笠をかぶったままチャンバラをして、動くたびに笠が揺れるシーンなどは、もう堪《たま》らないものなのだ。

さらに、全作を語る余裕はないが、第二巻『夜鳴き蟬《ぜみ》』の独特の季節感とストーリーの運び、あるいは第五巻『喧嘩名人』の表題作における竜蔵の引き方はどうであろうか。

かつて私は、池波作品のすべてをまかされていたプロデューサー、故市川久夫《いちかわひさお》氏と対談をしたことがあるが、TVの〈鬼平犯科帳〉シリーズでいちばんだめだったのは、萬屋錦之介《よろずやきんのすけ》（中村錦之助）版だったと聞いたことがある。つまり、〈鬼平〉では、恐らく半分以上の作品が、長谷川平蔵《はせがわへいぞう》と敵対する盗賊や、配下の与力、同心が主役となり、平蔵は要所要所を固めたり、ラストでまとめ役として全体を締める場合が多い。つまりは存在感はあっても、引くことのできる役者でなければつとまらないのだ。ところが東映時代劇のエースであった萬屋錦之介は、本人にその気がなくともスター性が強すぎて、ついつい前に出てしまう、というのである。

ここで話を「喧嘩名人」に戻すと、この話で竜蔵らは、完全に事件のまとめ役に徹しており、主役は万吉《まんきち》以外の何者でもない。そして、このあたりからであろうか——はじめはある種のかたくなさを持っていた文体が縦横無尽に作中人物の心の襞《ひだ》までを見事に描き出すようになるのは。そして私見を述べさせていただければ、「喧嘩名人」は、私の最も好きな一篇でもある。

さて、紙数の関係もあるので、このあたりで話を本書のみにしぼらせてもらうならば、本シリーズも第六巻『返り討ち』あたりから、たとえ勝利を得ても、その都度、怨《うら》みを買われる剣客の宿命が前面に出てくるが——ちなみに私は剣客の中では第七巻『暗殺剣』の猫田犬之助《ねこたけんのすけ》が好きだ。ちょっと〝眉墨《まゆずみ》の金ちゃん〟のユーモアを思い出させるではないか——第十巻ではその因縁の集大成ともいうべき、沼田城演武にまるまる一巻を当てて、物語が展開する。

ストーリーは第一話「好敵手」において、竜蔵の強いだけではない、剣客としての高みを極めるにはどうしたらよいのか、という苦悩からはじまる。深刻な話かと思うと、このあたりから「――だそうな」などと、作者がノリにノって、池波調の文体を自在に挿入、しかもそれが自分のものとなっているので、読者としては、苦悩より楽しさが感じられる。さらに、竜蔵が庄太夫に「一緒に山を登って来たんだからよう」というセリフなど、ユーモアの中に泣かせ所を心得た展開が続いていく。

自分はまだガキだから、という竜蔵は、さっそくにも刺客たちの出迎えを受け、一方で、若く爽《さわ》やかな土岐美濃守に心を惹《ひ》かれ、前述の自分の若さとの対決を迫られる。が、それもまたよし――彼は最後に〝剣侠〟という二文字のことばに目ざめるのだから。

そして最終話「剣侠の人」だが、このラストの一篇に私はどれだけ泣かされたか。普通、これだけの長さのシリーズになると、一区切りといっても、物語の閉じ方はかなりむずかしくなるが、本書に関しては完璧《かんぺき》である。

それは作者の執筆姿勢によるのではないか。竜蔵は作中でコツコツと研鑽《けんさん》を積むしかない旨を述懐しているが、剣をペンに置き換えれば岡本さとるの真摯《しんし》なまでの姿勢が了解されよう。一日もはやい再開を望むのみである。

（なわた・かずお／文芸評論家）

時代小説文庫
お 13-10

剣《けん》侠《きょう》の人《ひと》 剣客太平記《けんかくたいへいき》

著者 岡《おか》本《もと》さとる

2014年4月18日第一刷発行

発行者 角川春樹

発行所 株式会社 角川春樹事務所
〒102-0074 東京都千代田区九段南2-1-30 イタリア文化会館

電話 03(3263)5247[編集] 03(3263)5881[営業]

印刷・製本 中央精版印刷株式会社

フォーマット・デザイン＆シンボルマーク 芦澤泰偉

ISBN978-4-7584-3814-8 C0193 ©2014 Satoru Okamoto Printed in Japan
http://www.kadokawaharuki.co.jp/[営業]
fanmail@kadokawaharuki.co.jp[編集] ご意見・ご感想をお寄せください。